다시 서는 풀

- 독립군의 아내 -

이단원

이 도서의 국립중앙도서관 출판예정도서목록(CIP)은 서지정보유통지원시스템 홈페이지(http://seoji.nl.go.kr)와 국가자료종합목록시스템(http://www.nl.go.kr/kolisnet)에서 이용하실 수 있습니다. (CIP제어번호 : CIP2018032521)

다시 서는 풀
이단원

2018년 10월 12일 초판 1쇄 발행

지 은 이 이단원
펴 낸 이 조동욱
편집주간 조기수
펴 낸 곳 헥사곤 Hexagon Publishing Co.
등 록 제 2018-000011호 (2010. 7. 13)
주 소 경기도 성남시 분당구 성남대로 51, 270
전 화 010-7216-0058 | 010-3245-0008
팩 스 0303-3444-0089
이 메 일 joy@hexagonbook.com
웹사이트 www.hexagonbook.com

ISBN 978-89-98145-98-9 03810

다시 서는 풀

- 독립군의 아내 -

헥사곤

목차

수필

단편소설

동화

수필

소중한 체험, 그 존재

"내가 가장 아끼는 것." 이것이야말로 가장 단순하면서도 복잡한 주제다.

아끼는 것으로는 첫째 무형적인 것이 있겠고 다음으로 유형적인 것이 있을 것이다. 무형적인 것은 말할 것도 없이 정신적인 것, 내면적인 것일 테니 그것을 밝혀 내는 일도 깊은 동굴을 탐색하는 것 같아 자칫하면 나 스스로가 그 동굴 속의 미로를 따라가다가 길을 잃어버리지나 않을까 곤혹스럽고 복잡하기 짝이 없다. 이렇듯이 무형적인 나의 소유는 나 스스로가 무엇을 가졌는지 그것이 실재하는 건지 아니면 허구인지조차 모르겠으니 덮어 둘 수밖에 없다.

이제 유형적인 것으로서 내가 아끼고 소중히 여기는 것은. 많다. 첫째 옷이다. 이것은 가장 편안한 옷이다. 좋게 말해서 날씬하지만 어쨌든 골체적인 내 몸을 옛날 서양의 사형수들이 입는 옷처럼 포대에 몸뚱이를 푹 빠뜨려 놓은 것 같은 편안한 옷이고, 이 옷은 면이거나 실크라야 되는데 그게 뜻대로 되는가. 그래도 싸구려 시장에 가서도 그런 것을 곧장 골라 입기에 아부끼가 있는 사람들로부터 베스트 드레서라는 소리를 들을 만큼 운 좋은 옷을 몇 벌 가지고 있다.

패물이나 액세서리 같은 것은 거론을 말자. 한 가지 내가 무척 좋아하던, 전라도가 아닌 경상도에 살았던 명창 한 분이 죽으면서 전해 준 당자마노唐紫瑪瑙 반지가 있는데 이것은 새빨갛고 투명하고 도톰해서 요즘 흔해 빠진 고추장 빛 나는 자마노가 아니다. 가끔 무명지에 끼면, 내 손만 딱 떼어놓으면 그 돌아가신 명기 명창의 섬섬옥수에 견줄 바는 아니지만 좀 맵시가 난다.

또 하나. 어떤 친구가 일본에 갔다 오면서 갖다 준 차 주전자다. 백조 두 마리가 그려져 있지만 바탕을 감색으로 코팅한 양은 주전자에 불과하다. 그렇지만 이 주전자 안에 가는 망으로 된 삼태기(?)가 들어앉아 있어서 내가 끓여 먹는 녹차, 어성초, 결명자 같은 것을 넣고 따로 끓인 뜨거운 물을 붓고 마시고 삼태기를 털어 버리면 되는 편리한 차 주전자라서 이거야말로 내가 아끼고 매일 애용하는 것이다. 그런데 한 가지 이 주전자의 흠은 일제라는 것이다.

나는 길거리에서 엄지발가락에 끈을 꿰어 신고 다니는 일본식 신을 신은 사람을 보면 남녀노소를 불문하고 밥맛이 떨어질 정도로 왜색을 싫어한다.

허나 뭐니 뭐니 해도 가장 중요한 것은 아파트 열쇠다. 이거야말로 체험으로써 그 존재의 소중함을 확인시켜 주는 물건이다. 어느 날 오후 약속 시간이 촉박해서 화다닥 옷을 꿰어 입고 핸드백을 들었는데 열쇠가 없다. 어떡하지? 문을 안 잠그고 가는 수밖에. 아무리 쓸데없다고 부르짖으면서도 이 집 안에는 내가 잃어버려서는 안될 것이 얼마나 많은가. '버리는 것만이 얻는 것'이라는 나의 평소의 철학이 눈곱만큼의 진실성도 없다는 자기모순을 씹으면서 하루만 잠그지 말고 나가자고 결심하고, 버리는 것, 그것은 바로 모험이 아닌가라고 또 흰소리를 쳤다.

그런데, 누가 말했던가? "모험은 은총이다."라고. 바깥 열쇠 구멍에 열쇠가 달려 있었다. (한일약품 사보, 1988. 7)

인간의 바다

한 시골에 묻혀 외롭고 가난하게 살면서 아름다운 동화를 쓰는 시인이 있었다. 본시 지병조차 있던 분인데 돌연 연재하던 동화도 중단하고 요양소로 떠난다는 편지가 왔다. 몹시 애석해하던 참에 마침 대구에 갈 일이 생겼다. 거기까지 간 김에 가까운 C군에 있는 요양소에 들러야겠다고 마음먹었다. 대구에 간 지 이틀째 되는 날 12시에 길을 나섰다. 넉넉잡고 2시간이면 된다고들 하기에 떠나기 전에 선배 한 분과 3시에 약속을 했다. 그런데 원래 방향감각이 어두운 터에 시내에서 엉뚱하게 길을 헤매다가 C군으로 가는 버스정류장에 도착했을 땐 하오 2시였다. 한 시간 만에는 도저히 돌아올 수 없겠지만 무모한 것인 줄 알면서도 요양소행 버스를 탔다.

그분은 초면이고 더구나 내가 가리라고는 생각도 않을 터인데, 약속한 선배는 도저히 결례를 해서는 안될 터이고….
초조하게 달리는 버스 속에서도 아름다운 겨울 숲을 바라보고 있는데 시내로 돌아오는 버스가 마침 오고 있었다. 정차를 시켜 얼른 되돌아오는 버스로 갈아타고 말았다.

한 시간만 여유가 있었으면 병상에 누워 있는 이의 외로움 곁에 잠시나마 따뜻이 서 있을 수 있었는데. 그러나 한 시간이란 시간이 문제가 아니라 역시 정성이 못 미쳤던 탓이라는 자책감을 씻을 수가 없었다. 분명히 거기에 내 혈육이 누워 있었다면 애초부터 그런 가다가 도중하차라는 불출이 짓은 하지 않았을 것이다.

늘 흐뭇한 오랜 친구가 작년에 불의의 사고로 12살 난 딸을 잃었다. 워낙 인간이 대범스러운 틀이라 자기 수심의 그늘 속에서 남에게 곤혹을 주는 일이 없어 평소 그녀가 그렇게 상처를 지니고 있다는 것을 잊어버릴 정도였다.

어느 날 성당에 가서 그녀의 뒷자리에 앉았더니 조용히 끝없이 손수건을 눈언저리로 가져가고 있었다. 왜 그렇지 않겠는가. 뼛속으로까지 울고 있는 모습. 울어도 울어도 못다 우는 눈물이 거기와 앉아 있었다. 친구의 눈물에 내 마음도 흥건히 젖어들었지만 내 아이를 친구의 아이와 대치해 놓고 상상해 본들 저 슬픔의 1백 분의 1. 아니 1천 분의 1에 미칠 수 있을까. 아니 그건 슬픔의 양의 문제가 아니다. 그녀의 슬픔은 피안彼岸에 있고 내 슬픔은 차안此岸에 있듯 거기엔 본질적인 거리가 있는 것이다. 이것은 내가 그녀를 사랑하고 이해할수록 더 절감할 수밖에 없는 인간의 거리다. 인간이 참으로 타자他者를 사랑할 때 몰아沒我가 되는 것은 오히려 이기적인 상태가 아닐까. 참으로 사랑할 때 오히려 진정한 고독에 도달할 수 있는 것이 아닐까.

시몬느 베유는 "인간이 남을 동정한다는 것은 그리스도가 바다 위를 걷기보다 더 어렵다." 는 의미의 말을 했다. 결국 진정한 사랑이라는 것은 기적이라는 뜻일 것이다. 그렇게 말했으면서도 그녀는 자아라는 차안此岸에서 끝없이 배를 저어 타아他我라는 피안彼岸을 향해 항해함으로써 끝내는 차안此岸과 피안彼岸을 뛰어넘어, 바다 위를 걸어가는 모험을 감행한 인간이다. 이 사회철학자이며 천재적인 영성의 인간은 인간애의 고행 끝에 34살로 요절했다. 그녀는 자본주의 메커니즘에 희생되는 노동자에 대한 연민과 그들을 옹호해야 한다는 사회적 이념 때문에 자신이 일개의 숨은 노동자로서 살지 않을 수 없었다.

사람들은 거의가 인간의 바다를 구경할 줄은 알아도 빠지지는 못한다. (한국수필, 1982)

독립군의 아내

며칠 전 친족 할머니 한분이 세상을 떠났다. 이분은 일찍이 합방이 되자 망명지사인 오라버니 조훈趙熏 씨(독립운동사에 나옴)를 따라 서간도西間島로 갔다. 장백현에서 역시 경상도에서 망명 와 학교를 세우고 동포들을 가르치던 지오池吾 이경희李慶熙 씨(해방 직후 대구시 초대시장을 역임)와 18세에 혼인했다. 부군은 16세나 연상이었다. 그 후 맏따님이 생후 1개월일 때 적수공권으로 야간 도주를 해서 압록강을 건너 고국으로 되돌아왔다. 무기 은닉사건으로 중국 정부의 체포령이 내리자 절친한 중국 현감의 내통으로 도피했다는데 이것은 할머니의 이야기라 사건의 진상이 무엇인지 알 수가 없다. 이때부터 할머니는 서울 바닥에서 삯 빨래·삯바느질·무당집 유모·풀장사 등 갖은 짓을 다했다.

거의 20여 년 전 신문에 일인 변호사 「포시布施」(후세 이름은 잊었다)가 죽었다는 이야기가 났다니까 곁에서 듣고 계시던 할머니가 그분은 의열단義烈團 사건 때 무료변론을 하러 왔다고 했다. 그가 귀국할 때 피고 가족들이 역에 전송을 하고 돌아가는데 할머니는 아기를 업고 한밤중에 혼자 엉엉 울면서 「박서」 고개를 넘어갔다고 했다. 귀에 익은 이름은 많다.

김두봉의 모친은 당신 따님이 할머니와 동갑이라고 늘 할머니를 불쌍히 여겼다고 했다. 일제 말엽엔 돈암동에다 윤상태尹相泰 씨(독립자금 조달로 포상된 분)가 집 한 간을 마련해 주었다.

이 집에 당시 성북동에 계시던 만해 한용운 선생이 가끔 오셨다. 이 분은 머리를 깎고 체머리를 몹시 떨었는데 7, 8세의 내 어린 나이로도 그분의 형형한 눈빛이 뇌리에 박혀있다.

할머니는 내외를 하셔서 인사를 하시지 않았지만 『할머니, 만해 선생님은 왜 저렇게 머리를 떱니까?』여쭈었더니 그분은 장기를 두다가 왜경의 총에 머리를 맞았는데도 끄떡도 않고 그대로 장기를 두었다는 전설 같은 이야기를 하셨다. 엄동설한에는 나무가 없어 주인집 아궁이에 기왓장을 묻었다가 누더기에 싸서 어린것들 엉덩이에 넣어주고, 하루에 호떡 하나를 나누어 먹어가며 보름씩이나 끼니를 걸렀지만 강인한 생활력으로 버텼다. 이런 적빈 속에서도 할머니의 대쪽 같은 성품은 왜경이 행방불명된 남편을 찾기 위해 연행할 때 유부녀로 남자를 따라 걸을 수 없다 하여 기어이 인력

거를 부르도록 했다.

평생 나일론 버선을 안 신던 단아하고 칠칠했던 할머니였는데 자녀들은 극도의 염세에 빠지거나 현실의 반항아가 되어 낙오했고 병들어 일찍 요절했다. 말년에 할머니는 피눈물을 흘리며 부모 없이 키운 손자를 데리고 남의 셋방에서 84세로 한 많은 생을 마쳤다. 살아계실 때 누구로부턴가 독립유공자로 국가에 신청하라는 권유를 받았는데, 동아일보 축쇄판에 나온 부군의 옥고가 1년 2개월이어서 3년 이상이어야 한다는 규정에 미달되어 탈락되었다. 이미 30년 전 고인이 된 지하운동의 행각을 어디에서 증거를 찾을 수 있겠는가. 마지막까지 창씨개명을 하지 않고 일제에 저항한 독립지사의 아내로서의 의지와 긍지가 추상같던 이 노인을 감히 누가 심사해서 유공자가 못된다고 말할 수 있었는지. 나라를 위해 평생을 바친 숨은 양심은 자기를 따라 기구한 운명을 다 살아내고 조촐한 소복으로 오는 지어미 모습이 훨씬 더 달가왔을지 모르겠다. (서울신문, 1979. 3. 14. 5면 고임돌)

릴케의 가을

K신부님.

등불이 켜진 창밖엔 내내 가을비가 추적거리고 있습니다. 어느 유명한 수필 「우리를 슬프게 하는 것들」에 가을비 소리도 들어 있었는지 모르겠습니다. 슬픔은 인간의 감정을 카타르시스 시킨다고 합니다. 그러나 몽테뉴는 슬픔에 대하여 이렇게 말하고 있습니다. “세상 사람들은 마치 당연한 것처럼 슬픔에 대해 유별나게 호기심을 가지고 존중하고 지혜, 덕성, 양심을 치장한다. 정말 어리석고 망측한 장식이다.”

참으로 옳은 말이라고 생각됩니다. 저무는 귀로에 앉아 마이크로 찬송가를 부르면서 동냥을 하는 장님에게 동전 한 닢을 던져주고 일말의 슬픔과 함께 그 순간 카타르시스를 느끼는 것이 도시인의 인정인지 모르겠습니다. 그가 진짜 저 버려진 눈먼 인생을 슬퍼했을까요? 그 슬픔에는 어쩌면 저런 인생도 존재하는데 하는 값싼 자기 위무慰撫가 더 많이 묻어 있을지 모르겠습니다.

“참된 위안은 행복이 사라져 영원히 돌아오지 않게 된 후에 비로소 찾아온다.”는 릴케의 말이 있듯 우리를 정화시킬 수 있는 참된 슬픔은 모든 애증의 집념에서 풀려나 더는 여망이 없어진 어떤 박탈의 아픔을 맛본 연후에야 비로소 찾아오는 것이 아닌지 모르겠습니다. 참다운 슬픔은 자기 뼈와 살에서 우러나는 것이기에 남의 아픔을 실제로 체험하기란 불가능한 것이겠지요. 남을 위해 목숨을 버리는 자도 있다고 합니다만 그가 목숨을 버리는 것은 순간에 불과합니다. “우리 사랑하면서(슬퍼하면서) 죽자.”라고 어느 시인은 노래합니다. 죽어야만 남을 위한 그 아픔, 사랑은 변하지 않기 때문입니다.

참으로 우리에겐 아픔에 대한 감성적 능력이 필요합니다. 그런 감성에 의한 내면화, 영성화 없이는 사랑, 나눔, 더구나 가톨릭 교회에서 시행하는 “한마음 한 몸”이란 덕목은 공허한 메아리에 불과합니다. 그래서 인간은 도리 없이 어떤 약속이나 의무에 자신을 비끌어 매어놓고서 그 신조를 지향하고 실천하지 않으면 안 되는 삶을 선택하는지 모릅니다. 그래서 우리는 이런 약속 의무에 투신한 성직자나 수도자의 삶을 높이 삽니다. 하지만 적어도 그 약속 의무가 다시 타성화되어 버리고 직업화되지 않기 위해 끊임없이 투신이 필요

하겠습니다.

"아마 릴케도 저처럼 등불을 켜고 새벽이 되도록 누구에게 편지를 썼겠지요. 새삼 슬픔과 아름다움은 같은 감정의 선상에 있다는 느낌입니다."

예수는 아픔에 대해 탁월한 감성적 능력을 지닌 자라는 뜻의 말을 니체가 했다고 기억합니다. 그리고 예수는 그 감정을 지속적으로 유지함으로써 타인을 위해 죽음에 까지 이른 것이겠지요. 그러면서 니체는 덧붙여, 드높은 감정이 얼마나 치열하냐 보다는 그 감정의 지속이 더 중요하다는 말을 합니다. 죽음보다 더 강한 것은 허다합니다. 그러나 그것보다 또 더 강한 것은 어느 시대에나 있는 박해와 소외와 가난 속에서도 자신이 믿고 있는 것을 간직하고 때 묻지 않는 영혼으로 살아내는 삶이 아니겠습니까.

긴 이번 휴가에 저는 여러 가지 상념에 시달렸습니다. 인간관계와 애증의 갈등은 이 나이가 되고 보니 거의 표백이 되어 뭐 그리 미워할 것도 아쉽고 그리울 것도 없고 그런 지경입니다. 참으로 인간에게 왜 늙음이 필요한가(더 나아가 죽음이 필요한가)를 알게 됩니다만 아는 것과 해탈하는 것은 천지 차이겠지요. 욕구가 다 삭아 떨어져 나가야 하고 그래도 덜 떨어지는 질긴 집념과 애착은 죽음으로 끊어 버리도록 피조被造되어 있는 것이 인간이겠지요.

우리는 결국 빼앗기고 체념하지 스스로 버리지는 못하는

주제에 남을 보고 늘 "어쩌면 저렇게 권력에 연연할까, 돈에 집착할까, 버리면 훨씬 더 위대해질 텐데." 이렇게 사돈 남 말을 하고 사는 건지 모릅니다. 참 휴가 동안에 릴케의 「말테의 수기手記」를 다시 읽었습니다. 참으로 깊고도 아름다운 시적詩的 산문이라고 여기면서 아직도 이해하기 힘든 대목이 남아 있습니다. 릴케는 고독의 구도자라고 할까요.

그리스도는 신이 아니라고 하지요. 그는 신은 영원한 존재로 결코 역사의 시간 속에 들어오지 않는 영원한 직선의 형태로 존재하며 인간은 그 직선과 병행으로 신을 따라가는 삶을 통해 자신을 초월해 가야만 하는 실존적 존재라는 이야기 같습니다. 침묵의 하느님! 그런 하느님은 인간의 어떤 비참한 현실, 개인의 무구한 고통에도 개입하지 않습니다. 만약 개입하신다면 인간의 초월적 추구는 멈추게 되는 것이 아닙니까. 대답하시는 하느님 앞에서 인간은 영원한 자를 잃어버린다고나 할까요.

성서의 저 유명한 삽화 "돌아온 탕아"(루가 15장 11절~32절)에 대한 그의 독창적인 해설이 수기의 마지막이지요. 탕아는 쾌락과 방탕으로 떠나간 것이 아니라 참 사랑과 고독의 구도자로 떠나갑니다. 그의 사랑은 쾌락적 연소가 아니라 사랑의 대상과 자신을 투명하게 비추기 위한 빛이고자 했습니다. 그는 가난과 오욕의 분토에 똥덩이처럼 뒹굴면서도 거짓 사랑, 위안을 얻기 위한 사랑을 거부합니다. 이 모든 것을 겪은 다음 그는 집으로 돌아갑니다. 유년 시절에 자기를 무조건 사랑하던 그 사랑의 실체는 무엇이던가? 기다리는 그들 앞에 쓰러지면서 참회하는 몸짓이었지만 그것은 '나를 사랑하지 말아달라'는 마음속의 애원이었습니다. 사람들이 그를 사랑하기에는 그는 너무 높이 있었고 '어떤 한 자'는 아직 그를 사랑하지 않는다고… 끝납니다. 이와 같이 신의 사랑을 받기 위해서는 인간은 영원한 과정 속에 있을 뿐입니다. 교회에서는 '돌아온 탕아'를 인간의 죄악을 전제로 한 참회를 통한 구원의 표상으로 내세웁니다. 그러나 시인의 눈을 통해 보는 탕아의 삶은 사랑과 자유를 찾아가는 여정에서 겪는 배회와 방황과 모험과 투신이며 그 과정에서 인생은 이지러지고 왜곡되고 나락을 기어 다니고 그러다가 이 지상에서 예수가 죄인들에게만 유독 베푼 그 은총에 부딪쳐 솟구쳐 오르는 형상입니다.

한 가지 덧붙여 느낄 수 있는 것은 예수가 창녀도 세리도 도둑도 사랑하고 용서했는데 위선자 바리사이에게는 분노했다는 사실입니다. 인간은, 특히 이즘 사람들은 신앙도 사랑도 적당한 당제품糖製品을 만들어먹기 좋아야 삼키는 것입니다. 신앙의 아픔, 사랑의 고통 없이 자기 평온, 위로, 보상을 받고자 하는 신앙과 사랑은 이기적인 위선에 불과합니다.

어느새 투명한 감청색 창밖엔 비가 멎어 있습니다. 릴케의 '가을'의 시 "지금 집이 없는 사람은 이후도 집을 짓지 않고 이후도 항상 고독하며 밤이면 긴긴 편지를 쓰리라."

그렇습니다. 아마 릴케도 저처럼 등불을 켜고 새벽이 되도록 누구에게 편지를 썼겠지요. 새삼 슬픔과 아름다움은 같은 감정의 선상에 있다는 느낌입니다.

저는 제 방의 이 적요함, 아늑함을 얼마나 사랑하는지 모릅니다. 딸 난이가 떠나가 있어 고독하지만 이 고독이 차라리 저의 양식이 된다는 것을 말하면서도 그러나 아닙니다. 진정한 고독에 도달할 수 있는 것은 죽음을 받아들이는 것이라는, 두말할 나위 없겠지요. 우리는 고독이란 말을 낮은 감정 수준에서 말함으로써 고독을 천박하게 만듭니다.

"집을 짓지 않는다"라고 릴케는 말합니다. 물론 이것은 하나의 상징적인 집을 말하는 것이겠지만 불을 밝힌 자기만의 공간이 없이 우리는 어떻게 상념 하며 글을 쓰며 꿈꿀 수 있습니까. 집이 없는 사람의 영혼의 추위, 육신의 거친 잠을 느껴 보지 않고서는 집이 있는 행복을 느낄 수가 없습니다. 결국 우리는 현실로 돌아와 모든 이가 집을 가질 수 있게 되도록 부자에게 가난한 자에게 하느님께 빕니다. (잡지 「새벽」, 1990)

위대한 업적

조그마한 몸을 꾸부리고 있는 그 여인의 등에는 그 여인보다 덩치가 더 큰 아들이 업혀서 빨대로 음료수를 빨고 있었다. 머리가 희끗희끗 센 어머니는 하반신이 오그라 붙은 아들을 내려다 놓으면 다시 업기가 힘들어서 업은 채 목마른 아들에게 음료수를 사서 먹이는 모양이다. 어머니의 목을 안고 있는 아들의 손에는 조그마한 보따리까지 들려 있었다. 자기보다 더 무거운 아들을 업고 이 어머니는 어디서 와서 어디로 가는 것일까?

우리의 일상은 너무나 단조롭고 진부하다. 그런데 이런 모래알같이 개성이 없는 일상사가 깔린 거리에 세상의 고뇌를 다 업은 것 같은 어머니가 걸어간다. 이 어머니의 고뇌는 땅에 그 발자국이 파일만큼 무겁고 괴로운데 사랑은 그 고뇌를 지고 간다. 그래서 사랑은 기적이다. 기적을 낳는 사랑은 의지로써 혹은 지성으로써 가늠할 수가 없다. 오히려 의지와는 상관이 없을 때 사랑은 순수하다. 인간의 사랑은 보편적이고 천부적인 성향이면서도 세상은 왜 이렇게 메마른가. 어머니가 존재하는 한 지구를 업어내는 사랑이 많고 많을 텐데도 참 사랑이 부족하다고 한다. 그러나 밤하늘에 별들이 소리 없는 소리로 함성을 지르듯, 세상에는 사랑의 소리 없는 찬가가 넘친다. 적어도 세상에 생명이 태어나는 한 사랑의 샘은 멈추지 않을 것이다. 그런데도 불구하고 세상의 이 시끄러운 불협화음, 나라와 나라, 정당과 정당, 계급과 계급, 형제, 부부, 연인들, 부모 자식 간에도 마치 베갯속의 등겨처럼 와스락거리면서 도무지 사랑의 속성인 접합과 화해를 이룰 가망이 없다. 오죽하면 "타인은 지옥이다"라고 금세기의 한 실존주의 철학자가 결론을 내렸을까.

보들레르는 "우리는 사랑하면서 죽자."라고 시詩로 읊었다. 사랑이 얼마나 좋으면 절정에 이른 삶의 영원한 정지를 희구한 나머지 죽자고 했겠는가. 사랑은 어떻게 죽고 싶도록, 다른 어떤 삶의 번거로움, 단조함, 좌절, 무의미가 또다시 스며들어 그 희열을 소멸시킬까 봐 두려워할 만큼 희열의 실재감實在感에 빠져 있는 것이 사랑인가.

사랑은 분명히 희열이다. 그러나 희열은 항상 순간에 그친다. 그것이 석 달, 아니 그것이 10년을 지속했다 한들 영원에 견줄 때 한 순간이다. 그것이 꺼질 때 우리는 환멸, 때로는 죽음보다도 무서운 환멸을 느낀다. 결국 우리는 상대에게 무엇을 잃었기 때문에 이런 환멸을 맛보는가. 우리는 상대에게 무엇을 기대했기에 그것을 잃을 수 있는가. 그의 육체적인 매력, 좀 더 깊이 성격적인 매력, 심리적인 에로티시즘戀情, 혹은 지성 혹은 어떤 능력, 재력, 아마 이러한 그가 소유하고 있는 것을 선망하고 소유하려 했기 때문이 아니겠는가.

어떤 부인이 문둥이가 된 자기 남편을 따라 문둥이 촌에 같이 가서 살았다. 그녀는 결국 남편과 같이 문둥이가 되었다. 비로소 그녀는 자기 남편과 똑같이 되어 남편을 완전히 소유할 수가 있었다. 아니 이것이야말로 소유가 아니라 완전히 자신을 준 것이요, 남편의 그 추악한 살을 그대로 받아들인 것이다.

사랑은 욕망이며 소유욕에서 출발한다. 인간 자신이 비참하기 때문에 우리는 본성적으로 타자他者를 사랑하지 않을 수가 없다. 그러기 때문에 이기적인 인간만큼 자기 몰이해에 빠진 인간이 없다. 지극히 지적이며 의지적意志的이면서도 사랑할 줄 모르는 정서적으로 미숙한 인간을 흔히 만나게 될 때 우리는 어떤 외적인 가난보다 더한 실망을 느끼게 된다.

그러나 사랑이 욕망과 소유욕에서 벗어나지 못하면 인간의 한계를 절감하고(상대방은 물론 자기 자신에게도) 비참한 심경에 빠지게 된다. 이것이 사랑의 비애와 고뇌 일지 모르나 '고뇌를 통해 지식이' 얻어지듯 이러한 아픔을 통해 사랑은 또한 순화되어 가는 것이 아닐까. 결국 사랑은 자기 포기 즉 죽음을 겪지 않고는 참다운 사랑에 이를 수 없다. 이러한 사랑은 상대의 외형적인 조건이나 환상에 대한 집착이 아니라 그 본성 자체를 그대로 받아들이게 됨으로써 인간을 넘어서서 어떤 실재를 지향하게 될 것이다. 이러한 사랑이야말로 은총이며 인간을 구원에 이르게 하는 길이다. 인간은 사랑을 통해서 하느님과 가장 비슷한 위대한 업적을 이룩할 수 있는 소질을 가졌다. (경향잡지, 1986. 6)

성지와 콘크리트 문화

스탈린은 시인 아흐마토바를 총살했다. 이유는 그가 서정시를 쓴다는 것 때문이었다. 세계문학사에서 19세기 러시아 문호들에 의한 문학적 거봉을 정복한 다른 문학이 아직 없다고 생각된다. 초강대국인 소련이 저토록 빈사의 지경에서 비틀거리는 것은 피의 혁명을 치르고도 그들의 민족적 고뇌를 자유로이 표출할 수 없도록 슬라브 민족의 뛰어난 정서가 억압당하고 왜곡된 것도 한 가지 원인이지 싶다.

60년대 우리는 "잘 살아 보세, 잘 살아 보세. 우리도 한번 잘 살아 보세….."라는 조잡한 노래에 고취되면서 물질 성장에만 매진했다.

일본 상지대학에서 30년간 교수로 있던 불교학자 H 뒤모렌(독일) 신부가 60년대 한국을 방문했을 때 경주 석굴암을 보고 모든 세계 불교국의 예술 가운데서도 가장 빼어난 종교

예술이라고 했다. 그 석불은 바로 정중동靜中動의 표상이라는 것이다. 지금 경주는 거대한 박제처럼 콘크리트로 응고시켜 놓았다. 석굴 속에서 천년을 명상하던 석불은 신비스러움이 스러진 채 울긋불긋한 전각 속에 갇혀 있다.

서울 근교 인파가 끊이지 않는 어느 명승 대찰엔 고색창연한 옛 도량은 허물어지고 거대한 콘크리트 도장 안에 피아노, 샨데리아, 부처님과 조명에 싸인 고승의 초상화와 플라스틱 연등이 촘촘히 박혀 있다. 군사정권 시절 한 집권자가 부지런히 공양을 했던 절이라고 한다. 심산유곡의 명찰까지 관광지의 속색俗色으로 오염되지 않는 데가 드물다.

6년 전 배론 순교성지에 갔을 때다. 거대한 콘크리트 기둥이 압도하던 느낌 속에 이것을 허물자면 얼마나 한 시간과 힘이 들까 싶었던 기억이 난다. 경부선 열차로 서울을 빠져나가는 기로엔 새남터 성당의 그 을씨년스러운 콘크리트 추녀가 번쩍 들려 있다. 학생들이 휴지처럼 타 죽고 운동권 여학생들이 학교 기물을 때려 부수는 정서 파탄의 결과는 이러한 문화적 종교적 정서의 고갈에서도 엿볼 수 있지 않을까. 순교성지의 소박한 나무십자가 하나에도 정서적 감동을 일으키는 아름다움과 경건함이 아쉽다. 민족정신을 순화시키는 정신적 유산을 개인의 열의나 취향에 의해 졸속하게 개발 축조해서는 안될 듯싶다. (천주교 서울주보 삶의 자리, 1991. 5. 12)

겨울 등불

아파트 현관 밖 돌층계에 군데군데 얼음이 박혀 조심스레 발을 딛고 내려서서 2백96동의 모퉁이를 돌아서면 은행나무 길이 있다. 황금 등불을 켜 놓은 듯 천국처럼 환하던 이 길을 메마른 잿빛으로 뻗어 있고 헐벗은 나무들은 황금 시절을 까맣게 잊은 듯 스스로 저만큼 물러서 있다.

모두들 잊어버릴 것이다. 죽은 사람을 잊어버리듯, 살아서 어디로 갔는지 없어진 사람들도 나뭇잎이 어디로 갔는지 모르듯, 사람들은 잊어버릴 것이다. 하지만 꺼지지 않는 등불을 가슴에 묻고 영원히 잊지 않고 그들을 기다리는 여인들이 있다.

옛날에 고타미라는 여인이 죽은 외아들을 안고 석가세존 앞에 엎디어 빌었다. 제발 아들을 살려달라고. 부처님은 그녀의 비탄에 가슴이 아팠다. "누이여! 좋은 영약이 있느니라.

내가 그대의 고통을 치유해 줄 테니 가서 겨자씨를 얻어 오너라. 그러나 고타미여! 그 겨자씨는 사람이 죽은 적이 없는 집에서 얻어야 한다는 것을 잊지 말라."

여인은 마을로 쫓아가 집집마다 다니며 겨자씨를 얻으려 했으나 사람이 죽지 않았던 집은 한 집도 없었다. 여인은 이 세상에서 아무리 사랑스럽고 소중한 것일지라도 결국 이별로 끝날 수밖에 없다는 것을 깨닫고 득도得道했다. 부처님은 인간에게 이 현실을 속임 없이 있는 그대로 받아들이라는 것을 가르치시니 그의 자비는 이성적이며, 부성적이다.

또한 옛날에 유대 땅 나인이란 곳에서 과부가 외아들의 상여를 따라가며 애통해하는 것을 때마침 지나가던 예수가 보시고 측은히 여겨 상여를 세우게 했다. 그리고 "젊은이여! 일어나라."하자 죽은 자가 살아났다. 여인은 이 세상 모든 것을 끌어안는 기쁨으로 구원받았다.

어떤 철학자가 예수의 기적은 그가 이 세상에서 행한 행적 중에 가장 낮은 차원의 행위라고 말했다. 하지만 모성은 자신의 목숨을 버리더라도 자식이 살면 되는, 세상 이치를 극복하는 사랑이니 이것이 바로 기적이다. 마음에 없는데 입으로 '나는 당신을 사랑합니다'라는 말처럼 천박한 말이 없지만 마음과 말과 행동이 똑같을 때 사랑만큼 강하고도 아름다운 것이 어디 있을까. 예수의 사랑은 이성과 물불을 가리지 않는다는 의미에서 다분히 모성적이다. 세상의 어머니들은 때론 부처님처럼 이성적인 사랑도 필요하고 예수님처럼 현실을 무시하는 감성적인 사랑도 필요하다.

소설가 K여사는 첫아이를 배고부터 투정을 시작한 남편을 수발하고 학교에 다니고 소설을 쓰면서 딸을 키워 유학을 보냈다. 헝가리 리스트 음악대학에 딸을 입학시키고 제일 싼 하숙방을 얻어 주고 유럽 몇 나라를 돌고 귀국했다.

내가 신평화시장에서 언젠가 사다 준 5천 원짜리 블라우스와 헝겊 배낭을 멘 그녀는, 서울 역두에 마중 나온 내가 "얼마나 섭섭하니?"하고 묻자 눈물을 짓는 대신 이렇게 말했다.

"이제 죄를 짓지 말아야지. 그 애를 거기 두고 어떻게 내가 나쁜 마음을 먹겠어."

내 자식이 귀하고 애틋하면 이 본능을 넘어 이 세상 모든 목숨이 다 불쌍하게 보이는 보리심菩提心이고 십자가를 메는 사랑이어야 한다.

K여사의 핸드백 속에는 개구리 잡으러 가서 사라진, 신문에서 오려낸 다섯 아이들의 사진이 들어 있다.

어머니들이여! 내 자식만이 아닌 모든 자식, 언 겨울을 헤매는 사라진 딸, 아들을 위해 가슴에 등불을 켜고 이 어둡고 삭막한 세상을 구석구석 밝히며 찾아 나서자.

다시 서는 풀

그 아파트 단지 5시장에는 가게 바깥에 노점들이 두 줄로 마주 보고 늘어앉아 있다. 몽땅 쓸어 팔아야 5천 원어치나 될까 싶은 푸성귀를 놓고 진종일 앉아 있는 아낙네, 목판에다 생선을 토막 치고 있는 할머니, 골라잡아 천 원짜리 옷 장사까지 없는 게 없다. 가끔가다 이 시끌벅적한 시장 거리가 비로 쓸 듯 싹 쓸릴 때가 있다. 그러다 하루 이틀만 지나면 연장 공연을 하게 된 연극무대처럼 그 자리에 그 얼굴이 등장해 있다. 10년 전 허허벌판이었던 이 아파트 단지에 건축공사가 한창이었을 때다. 공사판 초입에서부터 바라크 포장마차 목판 할 것 없이 술집이 줄을 지어 해만 지면 휘황한 카바이드 불빛으로 그야말로 광야에 은좌銀座를 이룬듯했다. 공사판 현장에도 건축회사마다 '한바'飯場가 붙어있어 일꾼들이 먹고 마시고 걸핏하면 싸움판을 벌이기도 했다. 어느 날

이 한바에 갑자기 철거반이 걷잡을 수 없는 홍수처럼 밀어닥쳤다. 식당 판자벽을 쇠지레로 후려 찍는 판에 한바 주인이 우두머리를 구석으로 끌고 가 쑥덕거리더니 한바는 쇠지레 한대로 무사했다. 나중에 보니 초입의 노점들은 기껏해야 돼지껍질 소 허파가 지글지글 끓던 연탄 화덕이 콩가루처럼 부서져 무너진 주막들 사이사이에 널브러져 있었다. 그런데 이튿날 그 공사 현장 앞에 있는 큰 호수 건너 까마득히 먼 고속도로에 개미 행렬만 한 자동차 행렬이 지나갔다. 아프리카의 어느 대통령이 간다는 것이다. 이틀 후 그 폐허엔 다시 노동자들의 술판이 기라성처럼 들어섰다.

이미 밤이 늦었는데 전철 지하도 입새에 떡장수가 졸고 있다. 옆에는 오징어, 과일 장수도 웅크리고 서 있지만 이미 아파트 외등만이 이들을 멀거니 지키고 있다. 올림픽 바람에 이들은 또 어디로 쓸려갈까. 아스팔트 위로 철 잃은 겨울 낙엽처럼 생업을 놓치고 허공에서 떨지라도 그들은 다시 또 풀잎처럼 돋아날 것이다.

목숨이 전부인 민초는 무력無力으로 역사를 이기지만 이 세상에서 당당한 허다한 위력들, 권력, 금력, 지력까지도 무색하게 역사에서 밀려나는 수가 얼마나 많던가. (1985. 12)

명심할 예언자의 이야기

십 년 전쯤의 일이다. 어느 날 동대문 근처에서 일본 사람이 나에게 지하철역이 어디 있느냐고 물었다. 그때 나는 지하철이 생겼다는 것을 어렴풋이 알고 있었지만 그 일본 사람에게 지하철역을 가르쳐주게 됨으로써 비로소 지하철이 있음을 확인했다. 그 후 내가 직접 지하철을 타게 된 것은 지금부터 오륙 년 전쯤의 일이다.

고향 사람인 K 씨는 부천에서 매일 지하철을 타고 출퇴근하는 것을 자랑으로 여기면서 그날 나에게 같이 지하철을 타자고 했다. 실상 나는 혼자서 지하철을 탄다는 것은 엄두도 못 낼 판이어서 든든한 동반자가 생긴 이 기회에 한번 지하철을 타봐야겠다고 마음속으로 용단을 내렸다.

지하 계단을 내려가는 것부터가 우선 겁이 나고 가슴이 답답했다. 그리고 그 지하 밑으로 뚫린 동굴 속을 쇠 수레가 질

풍처럼 치달리는 것이 도무지 불안하기 짝이 없는 것이다. 어쨌든 그날 K 씨와 함께 공포에 가까운 불안을 감추고 지하철에 올라탔을 때 일말의 공포는 숨어 있었지만 생각보다는 쉽고 또 참 편리한 기계구나 하고 생각했다. 그 후 나는 몇 번 동반자를 구해서 지하철 타는 훈련을 하고 어느덧 혼자 타게 되고 그리고 지금은 지하철이 없으면 이거야말로 난감할 지경으로 아침저녁 지하철의 신세를 지고 산다.

점점 더 부끄러운 이야기를 하자면 나는 에스컬레이터를 혼자 타게 된 것이 한 3년밖에 안 된다. 발등을 베어 삼키고 드디어는 전신이 그 속에 말려들어 산산이 찢길 것 같은, 톱니바퀴 층계를 어떻게 올라탈 것인가, 마치 카프카의 「유형지」에 나오는 사형 틀처럼 살벌하게 생긴 기계 앞에 사람들은 무감각한 듯 올라타고 오르내리는 것이 내게는 오히려 이상스러울 지경이다. 한 마디로 나는 기계 공포증을 가지고 있는 것이다. 기계가 무서운 것은 그것이 고장이 나서 그 기계의 질서를 일탈해서 그야말로 기계가 기계적이 아닌 것이 되었을 때 무서운 것이 되겠지만 나의 공포는 그런 기계의 이치를 따지기 전에 무조건 생리적으로 무서운 것이다. (인간이 기계적이 되었을 때는 얼마나 무서운가를 생각하면 기계와 인간은 완전히 상반된 존재라는 것을 알 수 있지 않은가)

용케도 나의 기계 공포증은 유전이 안 된 모양이어서 내 딸

아이가 어렸을 때 백화점에 가면 에스컬레이터를 타는 것이 소원이었다. 나 자신은 무섭더라도 아이는 정상적이니 괜찮다고 생각했어야 되는데 그게 아니라 이 아이가 에스컬레이터를 타고 사고가 나면 어쩌나 하는 공포증이 앞섰다. 그러나 나의 이 공포증도 아이의 욕구에는 당할 수가 없어서 드디어 결심을 했다. 이 층 에스컬레이터 앞에 내리면 그 자리에 꼭 서 있으라고 당부하고는, 에스컬레이터에 올라서서 활짝 웃으며 손을 흔드는 아이를 보고 나는 돌아서서 계단으로 허겁지겁 올라갔다. 한 번은 나의 친한 친구 내외가 나와 저녁을 먹게 되어 에스컬레이터를 타고 호텔 식당으로 올라가게 되었다. 친구는 나를 데리고 엘리베이터 쪽으로 가면서 남편더러 말했다.

"이 친구, 에스컬레이터를 못 타니까 당신 먼저 가세요." 그러자 그 친구 남편 한다는 말이 "뭐라고? 에스컬레이터도 못 타는 친구 하고는 놀지 말아요."

친구 남편은 농담이었겠지만 나는 문명인의 멸시를 받은 미개인처럼 슬픔을 느꼈다.

내 친구 S는 고층 아파트 11층에 살았다. 나는 이 친구를 자주 찾아다녔는데 엘리베이터를 혼자 탈 수가 없는 것이다. 요행이 다른 사람과 동승하면 되는데 혼자서는 아무래도 불가능한 것이다. 아무도 없는 빈 엘리베이터의 문이 열리면 나는 마치 널 문이 열리고 그 속에 나 혼자 들어가야 되는 것

같은 곤혹을 느꼈다. 혼자서 그 속에 들어가면 다시는 그 널 속에서 못 나올 것 같은 기분이 드는 것이다. 도리가 없어서 나는 혼자일 때는 아파트 수위 아저씨한테 부탁해서 친구에게 내가 왔다고 인터폰으로 알렸다. 그러면 S는 11층에서 내려와서 나를 데리고 올라가고 내려올 때는 또 데려다주었다.

이제 나는 에스컬레이터를 탈 때는 오른손으로 난간을 꼭 붙들기만 하면 탈 수가 있다. 이렇게 되기까지 딸아이와 같이 에스컬레이터 앞에서 "하나 둘 셋"하고 발을 맞추어 올라타고 "하나 둘 셋"하고 발을 맞추어 내려서는 훈련을 거듭했다. 어쨌거나 나는 지금도 모든 기계에 대해서 우선은 거부감을 느끼지만 이 기계화된 문명사회에 끼어 사는 한 조금씩 그 공포증과 거부감을 극복해 나갈 수밖에 없었고 마침내는 그것이 없으면 그야말로 일상생활이 난감할 지경에 이르렀다. 그러나 일상의 삶은 외형적인 삶이 힘들고 불편할 때는 내면적으로도 불행할 수밖에 없는 것이 당연하다. 이런 의미에서 문명과 진보는 사람들에게 정신적으로 평화를 보장해 주어야만 한다. 그러나 과연 진보된 문명 세계에서 평화가 보장되었던가. 아프리카 케냐의 대통령이며 작가인 케냐타는 그의 소설을 통해 문명의 비인간상에 대해 이렇게 고발하고 있다.

「기그」의 위대한 예언자가 어느 날 무난히 벌벌 떨며 말을 못 하고 눈만 뻔히 뜬 채 전신이 상처투성이가 되었다. 장로

들이 와서 숫양을 잡아 그 껍질 위에 예언자를 앉히고 양의 피에 기름을 섞어 머리에 붓자 그는 기력을 회복했다. 장차 닥쳐올 민족의 시련을 막기 위해 응가이神에게 애걸하면서 상처를 입은 예언자가 이렇게 예언했다.

「이국인들이 대양 저편에서 올 것이다. 그들은 나비 날개 같은 옷을 입고 불을 뿜는 지팡이(총)를 들고 있다. 동쪽 대양에서 서쪽 대양을 가로질러 다니는 철 뱀(기차)이 나타나고 그 근방의 부족들은 서로 무사비하게 싸움을 벌이며 젊은 이들이 「기그」 풍속을 짓밟고 부모를 학대할 것이다. 이방인에게 저항을 하면 부족이 멸망할 터이니 이들을 가까이 접근치 못하게 하라. 그들은 장차 「기그」의 땅을 빼앗고 모든 것을 약탈할 것이기 때문이다.」 세월이 지난 후 유럽인들이 「기그」에 들어왔을 때 「기그」인들은 예언자의 경고를 잊어버렸다. 원주민은 이방인을 쓸쓸한 방랑자로 보고 먹을 것과 거처를 마련해 주며 후히 대접했다. 백인들은 막사를 짓고 요새를 만들며 장사치들을 위해 식량을 사들이기 위한 연락소라고 했지만 이것이 원주민의 영토를 송두리째 삼키는 전초지였다. 백인들은 마침내 원주민을 뿌리 뽑다시피 하여 사람을 짐승처럼 몰아다 노예로 팔아먹었다. 철 뱀을 거느리고 불을 뿜는 막대기를 지닌 문명인의 이기는 미개인에게는 인간말살의 흉기며, 그러한 문명인들의 정신은 아프리카의 하이에나처럼 잔인한 것이다.

남의 민족을 말할 필요 없이 우리 민족도 세계 열강의 식민지 쟁탈의 도마 위에 올려진 적이 있었다. 그리고 일제 식민지 치하에서 영토와 재산과 언어와 마침내 몸뚱아리까지 볼모로 잡혀가 먼 이역에서 백골마저 잃어버린 원혼이 얼마인가? 과학문명이 평화파괴의 우선 수단이 된 것은 근세에 두 대전이 증명하고 있거니와 지구를 없앨 핵무기를 보유한 초강대국의 수뇌들이 그들의 핵무기의 4%를 감축한다고 한다. 지구의 2/3의 인구가 지금도 영양실조가 아니면 기근 상태에 있다고 하니 근세 열강의 식민지 쟁탈의 야욕이 밀릴 것이 없다.

일제가 마지막 발악을 하던 해방되기 3년 전, 일제 경찰의 요시찰인이었던 내 아버지는 권솔을 데리고 시골 두메로 들어갔다. 국민학교 1학년이었던 나는 시오리나 되는 학교에서 돌아갈 때는 때때로 소달구지를 얻어 탔다. 멀리 아지랑이가 피어오르는 민둥산을 바라보며 나는 배가 고팠고 옷은 남루에다 발에는 한 가닥의 끈이 달린 닳아빠진 나무 신을 신고 있었다. 그래도 이 소달구지가 내가 일생 탔던 수레 중에는 가장 즐겁고 편했던 것이라는 생각이 든다.

우리 아이들은 지금 신발이 몇 켤레인가? 다섯 켤레의 신발을 가졌어도 우리 젊은이들은 「기그」의 예언자의 말과는 달리 전철에서 노인에게 자리를 양보할 줄 알았으면 한다.

내가 아침저녁으로 오르내리는 충정로 전철역은 늘 깨끗

하다. 몇 달 전이다. 붉고 노란 금테두리 모자를 쓴 키가 나지막한 역장이 지나가다가 문득 땅바닥에 떨어진 작은 휴지를 엎드려 주웠다.

아, 그렇다. 소달구지에서 전철까지, 이 진보와 발전이 이런 정신에 실려 간다면 우리 조국은 세계의 참다운 선진국의 앞줄에 서게 될 것이다. 아, 그렇다. 진보가 이런 정신에 실려간다면 우리 조국은 참다운 선진국의 앞줄에 서게 될 것이다. (서울 지하철, 1988)

초인들

- 잊을 수 없는 사람 -

내 골육들의 인연, 그것은 그들이 객관적인 어떤 존재였던 간에 그들에 대한 애정은 골수에 맺혀 잊을 수가 없다. 그리고 전혀 타인으로서 억겁으로 맺어진 우연한 인연들. 35살의 올드미스의 결혼식장에 찾아와 주셨던 여학교 때 담임선생님. 절박하고 초췌했을 때 너무도 환하게 나를 맞아준 친구들. 괴로웠던 시절. 그 어느 한 친구의 우정을 생각하면 거의 충일감에 휩싸일 정도다. 그러나 잊을 수 없는 인연은 늘 가슴 한구석을 덥혀주는 긍정적인 존재만이 아니다. 문득 자다가도 마음에 서리가 내리는 외면하고 싶은 존재. 그것은 현실적으로 나와는 밀접한 인연이 전혀 아니었던 순전히 감정에 얽힌 인연인 것은 이상한 일이다. 사실 현실적으로 박해하다시피 한 나를 디디고 간 사람들의 발자국은 세월과 더불어 쉽게 지워진다는 것을 알았다.

무언가 지워지지 않는 그 원한의 자국. 그러나 그것은 그 당사자 자체의 인간됨과는 상관없는 참으로 몹쓸 인연 탓이었다. 사실 착하고 올곧은 사람은 결코 원한이라는 것을 가질 수가 없다. 참다운 선은 악이 침해할 수 없기 때문이다. 원한을 가진다는 것은 아무래도 자신의 욕망, 이기, 게다가 자신의 인간 됨됨이가 불민한 탓이리라. 이런 뜻에서 그 몹쓸 인연을 나는 자신의 부끄러움인 동시에 낫지 않는 상처로 지니고 있는 것이다. 결국 잊지 못할 사람은 자신의 감정이나 현실적인 이해를 떠난 깊은 인연이 아닌 데서 담담하게 떠오르는 존재라야 의미가 있을 것 같다.

새벽녘, 중앙시장 한복판. 쩌들어 빠진 작업복을 입은 한 지게꾼이 그 복새판에 서서 손거울을 열심히 들여다보고 있었다. 그 거울에 비친 얼굴을 내가 대신 들여다보더라도 도무지 나이를 짐작할 수가 없다. 이가 빠졌는데도 건강한 체구니 늙은이가 아니다. 좌우간 불러서 짐을 지워 공사판 식당으로 갔다.

우리 집 일꾼이 된 그는 십리나 되는 데서 물을 퍼 나르고 시장 짐을 져오고 정말 묵묵히 더 할 수 없이 성실하고 부지런했다. 속옷도 안 입은 단벌로 그대로 자고 일했으니 그 몰골은 가히 짐작할 만한데 식당만큼은 깨끗이 쓸고 닦았다. 그런데 어느 날 그는 한낮에 술이 억취가 되어 식당 옆 뛰약볕 아래 큰 대자로 누워버렸다. 이튿날 아침에 일어나 가겠다고 했다. 전쟁터와 같은 공사판 식당에서 그는 보급, 실전, 모든 것을 도맡은, 나에게는 장군이요 졸병인 것이다. 애걸해 보았자 한다면 하는 인간이라는 것은 경험으로도 직감으로도 알 수 있는 것이다. 몸에 낀 작업복 한 벌뿐인 그는 참으로 초인적인 자유인이었다.

일고여덟 살 때 돈암동에 살았다. 「이리 오너라」 불려 나가 보면 아버지 친구분들이 오시는데 그중에 꼭 한 분 아직도 내 뇌리에 남아 있는 분이 있다. 회색 두루막을 입고 채머리를 몹시 떠는 분이다. 그런데 그분은 어린 나를 보고도 결코 미소를 짓는 적이 없고 오히려 그 눈은 차갑고 어쩌면 무엇에 사무친 듯한 그런 눈빛이었다.

어머니께 만해 선생님은 왜 머리를 떠느냐고 물었더니 「장기를 두다가 왜놈한테 총을 맞았는데도 끄떡도 않고 장기를 두었는데 그때부터 머리를 떤다」고 하셨다. 전설 같은 이야기지만 이분이 그 당시 성북동 심우장尋牛莊에 계시던 만해 한용운萬海 韓龍雲 선생임을 훗날에야 알았다.

-열매

깻묵 같은 독립

그때 어머니는 서울의 변두리 빈촌에서 바느질품을 팔고 살았었다. 내 언니는 이웃에 사는 김두봉(북한 부수상을 지낸) 선생 댁에 늘 가 있었다. 김두봉 선생 부모님은 어머니가 자기 딸과 동갑인 데다가 처지가 딱해서 우리 식구들을 돌봐주고 있었다. 언니는 어머니가 늘 바느질감을 한방 펴놓고 있어 앉을자리가 없어서 그 집에 가서 놀다가 때가 되어 할머니가 실겅에서 소반을 내리면 다람쥐처럼 재빨리 도망쳐 나왔다. 그리고 집에 와서는 발 디딜 자리도 없어서 방구석에 가서 겨우 쪼그리고 앉았다. 어머니는 눈치를 채고도 아무것도 먹일 것이 없어서 모른 척 바느질만 하고 있다가 가만히 앉아 있는 아이에게 물었다.

"원아, 배고프제."

"아니……."

아이는 고개를 둘래둘래 흔들고는 돌아앉아 배가 고파서 몰래 눈물을 흘렸다. 이제 70이 넘은 언니는 이런 지난날의 이야기를 할 때마다 눈물지으면서 살아 계시면 백 살이 훨씬 넘었을 어머니가 지금 유족한 자기 처지에서 1년만 모실 수 있다면 얼마나 좋을까 하면서 한이 맺혀 있다.

1920년대 당시 아버지는 1년, 2년씩 행방이 묘연할 때가 부지기수였다. 어머니는 아이들을 데리고 삯바느질, 젖 유모 노릇, 별의별 고생을 하면서 연명했다. 1949년 아버지가 세상을 떠나고도 어머니는 적빈 속에서 살았고 늘 아버지를 원망했다.

"독립이고 깻묵이고 하려면 혼자 하지, 무엇 때문에 서간도까지 와서 나를 데려다가 자식들을 낳았을꼬. 나는 열 번 죽어도 왜놈은커녕 아무것도 무섭지 않지만 이 자식들 못 먹이고 못 입히고 못 가르치고 장차 거지 신세가 될 테니 이 노릇을 어찌할꼬."

어머니는 흔히 말하는 독립군의 아내들처럼 당당하고 훌륭하고 국가와 민족의식이 뚜렷하지 못해선지 모르지만, 늘 자식들의 굶주림과 무학無學의 신세가 아버지의 독립운동 탓이기에 독립도 자신에게는 깻묵 같은 의미만도 못했을지 모른다.

지난 6월 나는 프랑스로 가는 KAL 기를 탔다. 창가에 자리를 잡고 앉았는데, 한 아가씨가 옆자리에 앉으면서 웃는 얼굴로 목례를 했다. 깍듯한 예의범절에 요새도 이런 아가씨가 있구나 싶어 11시간을 함께 할 이웃이 마음에 들었다. 그녀는 시종 말이 없었고 나중에는 일본 서적을 내놓고 노트까지 하면서 공부를 했다.'아, 일본 여자였구나' 나는 기분이 별로였다.

내 딸아이는 국어 시간에 선생님이 "친일파에 대해서 어떻게 생각하느냐?"라고 묻자 일어서서 대답을 하면서 얼마나 흥분을 했던지 덜덜 떨면서 말을 더듬자, 선생님이 "자자, 흥분하지 말고 이야기를 해봐라." 하더라는 것이다.

3대에 미치는 우리 집안의 이 뿌리 깊은 배일 감정을 어쩔 수가 없구나 생각했다. 그러나 일제 말기 대구의 변두리에서 밭을 일구며 초근목피로 연명하며 살아가다가 해방이 되어 아버지가 학교에 보내서 갔더니 친구들이 아무도 우리 집안에서처럼 일본을 미워하지 않는 데 놀랐다.

1980년대 어머니를 위해서 나는 아버지의 독립운동 행적을 국가 보훈청에 신고했다. 그런데 옥고가 1년밖에 되지 않는다고 해서 유공자로서의 자격 미달로 탈락되고 말았다. 어머니에게는 차마 그 말을 할 수가 없어서 "아버지가 스스로 나라 위해 한 일을 무슨 보상을 받겠다고 내세우겠습니까. 신고하지 맙시다."하고 말했다. 어머니는 그 후 83세로 남의 집 뜰 아랫방에서 뿔뿔이 흩어져간 자식들을 기다리고 기다리다가 허기와 노쇠로 홀로 숨을 거두었다. 어머니 돌아가신

후 나는 아버지의 독립운동의 족적을 더 찾아내어 다시 신고를 했더니 건국훈장을 받았다. 90년대 초에는 대구의 시립공원인 망우공원에 아버지의 애국 공로비가 세워졌다. 나는 그 공적비 앞에서 파락호가 되어 전락한 큰아들과 아버지를 닮아서 대쪽 같던 염세증에 걸린 막내아들의 요절과 일생에서 한 번도 빛을 못 보고 슬픔에 사무쳤던 어머니의 기구한 운명에 비하면 아버지의 이름은 오히려 허명虛名이라는 생각을 씻을 수가 없었다. 나는 아버지의 행적을 찾다가 듣기로 서간도에서 어떤 독립군은 일본 헌병에게 쫓기다가 개골창에 숨었는데 이듬해 봄에 해동이 되자 얼어 죽은 시체로 강물에 떠내려왔다고 했다. 그분의 유복자가 서울 변두리에 살고 있었으나 증명할 길이 없어 아버지의 독립운동 행적은 어둠 속에 묻혀 버렸다. 이런 부지기수의 이름 없는 독립투사들에 비하면 아무리 이름이 혁혁한 독립유공자인들 그 앞에서 머리가 숙여질 수밖에 없고, 또한 진짜로 허명虛名일 뿐인 가짜 유공자도 없지 않다고 들었다.

지난봄 여성문인회에서 정신대 할머니들의 집을 찾았을 때 참으로 나라를 위해 목숨을 바치고 고난을 감수한 유공자들이 위대했다 할지라도 차라리 아무런 신념도 의지도 없이 무고한 노예로 잡혀가 짓밟히고 치욕 속에 죽어간 이들의 소리 없는 절규에 비하면 그 빛이 무색해진다는 느낌마저 들었다. 의식이 있고 없고의 차이가 무슨 의미가 있겠는가. 선택한 자의 자유보다 숙명적인 고난을 겪은 자들의 영혼이 더 많을까. 이 처절한 고난 앞에는 인간은 누구나 무조건 무릎을 꿇지 않으면 안 된다는 생각으로 실로 가슴이 답답했다. 하물며 이 범죄를 끝내 '나는 모른다'고 외면하는 일본 민족을 과연 정신문화가 있는 민족이라고 할 수 있겠는가.

나는 근년에 인사동의 고서점 '문우당'에서 만해 한용운 선생의 수연壽宴 축하 시첩詩帖을 볼 수가 있었다. 거기에는 만해 선생 친필 휘호를 비롯해서 벽초 홍명희 선생, 오세창 선생 등 당대 혁혁한 우국지사들의 휘호와 나의 아버지의 휘호도 있었다. 아버지는 만해 불택세류滿海 不擇細流(큰 바다는 어떤 보잘것없는 물줄기도 다 받아들인다)고 썼다. 나는 만해 선생과 같이 정의를 위해 자신의 목숨을 내건 고난에 찬 삶을 산 자만이 마음이 바다처럼 커질 수 있다고 믿는다. 하지만 바다처럼 세류를 가려내어 배척하지 않는다 할지라도 저들이 자기들의 죄가를 모른다고 할 때는 그것을 묻어두고 잊어버리는 것은 인류 역사의 물줄기를 혼탁하게 하는 것이다.

며칠 전 D일보 사설은 "일본의 아시아 침략은 '아시아 민족해방전쟁'으로 묘사하는 등 역사를 크게 왜곡한 일본의 새 역사교과서가 문부성 검정을 곧 통과할 것"이라고 했다.

아세아 평화와 인류 역사를 이런 식으로 왜곡하는 일본이 세계 강대국이 되어 있는 마당에 한국은 어떤 외교 어떤 대치, 어떤 남북통일을 모색해야 할지는 기본적으로 해답이 나와 있어야 할 줄 안다.

내 옆에 앉은 일본 아가씨는 점점 마음에 든다. 그녀와 나 사이에는 빈자리가 있었다. 나는 끝내 조신하게 앉아서 책을 보는 아가씨에게 빈자리에 다리를 올려놓으라고 권했다. 그녀는 프랑스 유학생으로 불문학을 전공한다는 것도 알았다. 사람은 상대적인 동물이다. 그래서 그가 과거에 천냥 빚을 졌다 해도 탕감해 줄 수 있다고 생각한다. (한국여성문학인회 편)

도시에 뜬 달동네

'달동네'. 맨 처음 누구의 입에서 나온 이름일까. 지구촌 마을 중에 이처럼 운치 있는 이름도 드물 것이다. 그러나 그 달동네는 서울의 한복판에 떠 있는 섬이다. 그것은 화려하고 풍요로운 도시 속에서 육종처럼 가난과 소외의 상처로 고립된 섬이다.

3천5백 세대가 시가지가 까마득히 내려다보이는 산 위에 게딱지처럼 붙어 있는 행당동 및 왕십리 일대의 달동네는 아직도 5백여 세대가 남아 있다. 한낮인데도 섬뜩한 느낌이 드는 처참한 몰골로 폐허화된 인적 끊긴 마을. 짓부숴진 집더미 사이로 난 고샅길은 겨우 사람 하나가 지나갈 정도로 좁은 데다가 몸을 조금만 굽혀도 코가 받힐 지경으로 가파르다. 눈이 오거나 빙판이 지는 겨울에는 어떻게 오르내리며 살았을까. 개미굴 같은 미궁을 안내자를 따라가다가 어제오

늘 떠났는지 쇠망치를 면한 빈집이 있어 들여다보니 냉장고며 소반 세간살이들이 을씨년스럽게 널려 있다. 어쩌면 냉장고도 들여놓을 수 없는 이보다 더 좁은 단칸방으로 갔을지 모르겠다. 이 마을은 거의 한 세대가 단칸방에 산다.

한 지대를 철거하는 데 20-30억 원을 받는 철거 용역 회사의 직원은 조직 폭력배들로서 달동네 사람들의 공포의 대상이다. 얼마 전 이들이 만취가 되어 깨어진 유리병과 야구방망이를 휘두르는 통에 14명의 부상자가 나고 아이가 둘인 한 주부는 정신 이상이 되어 병원에 입원했다. 문민시대 이후 폭력은 어떤 경우에도 용납 않겠다는 것이 집권자의 확고한 의지다. 사회통념으로도 뿌리 뽑아야 할 개혁의 대상이 폭력이다. 오갈 데 없는 민초民草를 뿌리 뽑아 마른땅에 내던지는 형국이지, 이러고도 선진화 세계화가 실현된다면 그것은 물질적 부일뿐 정신적 도덕적으로는 수치스러운 전락이다. 도시 빈민은 게으르고 무능해서가 아니라 농촌정책 주택정책의 실패의 희생물이며 사회 구조적 모순의 악순환의 산물이다. 이들의 생존권인 주거의 권리를 몰수하면서 도시미관, 기능, 팽창만을 획책한다면 국민의 평등과 사회정의는 1만여 세대의 절대 빈곤층에는 해당이 안된다는 이야기다.

지난 3월 15일 도시빈민사목위원회가 주관한 불량주택 정비사업 개선개정방안모색 공청회에서 추기경님은 정부가 재개발사업으로 돈 벌 생각을 말고 "집 없는 사람들의 설움을 덜어주겠다는 의지를 확고히 세우라."라고 촉구하고 모든 본당 신자들이 재개발법 입법 추진 서명운동에 동참해줄 것을 호소하셨다.

고단한 세상살이에 지친 몸을 돌아가 뉘일 집도 없지만, 언젠가는 마련할 이들의 집을 위해 모두가 한 삽의 시멘트를 부어주는 마음으로 입법운동기금 마련에 참여해주었으면 싶다.

마노瑪瑙의 등잔불

- 낡은 일기장 갈피에서 나온 편지 -

K선생님께

저는 이미 제 안에 있는 쓸쓸함을 어디에 기대기 위해 구체적으로 어떤 대상을 찾으려 해 본 적은 없습니다. 그러나 어느 날 문득 책방의 서가에서 한 낯익은 이름을 보는 순간 나의 저의식 속에서 한 의식이 떠올라 왔습니다. 즉 내가 외롭다는 의식 말입니다. 그러나 이 떳떳지 못한. 어쩌면 역겹기조차한 동기 앞에, 16년 만에 진실을 고스란히 현실로서 짊어진 채 그러나 이미 아무런 무게로도 느낄 수 없이 허허한 자세로 거기 와 앉아 계실 때 그 순간의 놀라움과 감회를 잊을 수가 없습니다.

그리하여 16년의 거리가 한순간으로 집약되어 그 숱한 삶의 우회 속에서 덕지진 자의식이 투명해져 버리던 순간 얼마나 느긋한 안도감으로 마주할 수 있었겠습니까. 진실은 의식이 아닌 자유로운 생리이고 이런 생리 앞에서는 어떤 벽도 곧 문이 되는 것 같습니다.

인간이 상대방 앞에서 전혀 자기의식을 하지 않기란 참으로 힘든 건 줄로 압니다. 그것은 가졌다는 자의식, 못 가졌다는 자의식 다 마찬가지입니다.

특히 지적인 자의식이란 그 지식 자체가 아무리 높은 경지라 하더라도 그것이 영혼에 배어 있지 않을 때 그 지식은 상대방의 우매를 해방하기보다 속박하는 것 같습니다. 굳이 상대방뿐이겠습니까. 스스로도 속박당하는 것 아니겠습니까. 그런데도 선생님은 가르친다는 직업의식 때문에 가끔 젊은 이들 앞에서 의태疑態를 면치 못한다고까지 말씀하셨습니다.

인간관계란 처음부터 고통을 수반하지 않으면 성립이 안 되는 줄 압니다. 거기에서 진실이나 선에의 자극을 외면하면 아무런 의미가 없을 뿐 아니라 끝내는 자기애自己愛의 수단에 불과할 것입니다. 자기애의 벌罰로 인한 환멸이든 선과 진실에 자극된 자기 포기(적든 크든)의 감내든 다 고통스러운 것임에는 틀림없습니다. 그래서 사람들은 인간관계를 아예 기피하거나 적당히 유지할 뿐 적극적으로 참여하지를 않습니다. 남을 동정(사랑)하기란 그리스도가 바다 위를 걷는 기적만큼이나 어려운 것이라는 의미의 말을 시몬느 베이유가 했다고 기억합니다. 많은 사람들은 '인간이란 바다'를 등지고 있거나 멀리 바라다만 보고 있을 뿐입니다. 그중의 극히 적은 사람들이 배를 타고 가보기는 하나 역시 물에 빠져 보는 모험을 하려 드는 사람은 거의 없습니다. 결국 인간 추구도 신앙의 추구와 같이 기존 사실로서만 만난다면 항상 자기 운명에서는 이탈하고 말 것입니다.

그러나 인간을 참으로 사랑하고 운명에 성실하다던 상대방을 잃어버리거나 삶에서 실패한다 해도 결코 우리는 아무것도 잃어버리는 것이 없을 것입니다. 나치 수용소에서 죽었나 든가 한 어떤 시인이 "우리가 사랑한 것, 우리가 슬퍼한 것, 고뇌한 것, 아무 것도 헛된 것이 없어라."라고 한 말, 이것은 운명을 죽음처럼 거짓 없이 살아낸 사람만이 할 수 있는 운명의 긍정일 것입니다.

저는 솔직히 선생님의 마음의 터전에 한 자리를 차지하고 싶습니다. 그러나 단 한 번만 만나고 오겠노라고 약속하고 오셨다는 부인의 마음 앞에서는 나의 진실이란 아무런 무게도 없어집니다.

또한 어떤 인간관계에서 상대를 자기 환상에 맞추는 것도 역시 자기기만이요, 자위요, 결국 이기利己에 돌아올 것입니다. 16년 후에 만난 선생님에 대한 그 순간의 인식과 나의 마음에 닿았던 모든 현실을 진실이라고 믿으면서도 또한 그것이 전부라고는 생각지 않습니다. 그러나 거기서 제외된 그 어떤 것도 긍정함으로써 나는 진실할 수가 있습니다.

그러나 제가 선생님께 어떤 것을 치르었기에 어떤 대가로서 그 순간 나의 피곤한 짐을 내리고 아득한 여로 끝에 피안에 이른 듯한 위로 속에 쉴 수 있겠습니까. 그런 뜻에서 긴 세월 모든 사랑, 미움, 눈물을 치르었던 부인 앞에서 나 자신의 자유는 겨울날 모닥불의 불티같이 날아가 버립니다.

하지만 역시 만남도 은총입니다. 우리는 애초 병행 선상에서 출발했는데 은총은 만남을 현실이 되게 했습니다. 그러나 은총은 모험에서만 온다고 했습니다.

그렇다면 내가 선생님의 진실에 점화된 그 순간, 여태 쌓아 온 백百치의 진실 앞에서 나의 진실이 한 치 밖에 못된다고 할지라도 그것을 대가로 감히 은총 앞에 서는 것입니다.

저는 이튿날 성당에 가서 무릎을 꿇었을 때 지금까지 체험한 기억이 없는 감사의 정을 느꼈습니다. 단 한 번만으로 끝난 절망적인 만남을 왜, 누구한테 감사할 것입니까. 그 누구라는 것이 바로 신이겠습니까. 그리고 어쩌면 이런 절망 속에서 느낄 수 있는 감사만이 신에게 바칠 수 있는 감사 일지 모릅니다. 저는 과거 어떤 절망 속에 엎드렸을 때도 신의 존재를 체험해 본 적이 없습니다. 제가 절망 속에서 신을 체험한다면 그것은 이미 절망이 아닙니다. 그러나 우리의 절망 앞에서 대답을 해주는 신이면 그것은 또한 신이 아닙니다. 신은 완전한 침묵으로만 대답합니다. 따라서 우리는 죽음으로 밖에는 절망에 이를 수 없고 그런 완전한 절망, 즉 죽음에서 밖에는 신을 만날 수 없는게 아닐까요. 세상에는 허다한 무명의 순교자들이 있습니다(또한 묻혀 있고 버림받은 생명이 있습니다). 인간의 영광과 말로 표현한다면 얼마나 크게 소리치고 찬란한 조명을 비추어야 하겠습니까. 그러나 그들은 침묵 속에 있습니다. 얼마나 위대한 신의 암시입니까. 인간에겐 다 죽음이 있습니다. 그러기 때문에 인간은 다 신을 만날 것입니다. 그러기에 인간에게 주어진 것 중에 죽음보다 더 귀한 것은 없습니다. 그 귀한 죽음을 사기 위해서 인간은 얼마나 충만한, 절실한 삶을 살아야 합니까?

그런데 인간은 침묵-로고스, 말씀-을 언어로 표현합니다. 그래서 참다운 고백이란 없습니다(진정한 시詩도 없습니다). 신의 사랑도 고백도 침묵 속에 있고 인간의 고백은 삶 속에 있습니다.

선생님은 말씀하셨습니다. 어떤 시인의 말을 빌어 "될 뻔했던 거와 되었던 것이 똑같다"라고. 될 뻔했던 거와 되었던 것이 똑같으리만큼, 진부한 긴 세월의 그 모든 것이 구원되리만큼, 만남이 우리에게 은총일지라도 그것은 한낱 상징에 불과할 뿐 그것이 구멍 뚫린 현실을 막을 수는 없습니다. 유성이 떨어질 때 광야는 억겁에서 순간의 완성을 맛보면서도 어떤 영혼보다 더 우세한 어둠 속 거기 그대로 있음으로써 광야입니다. 그러나 억겁을 날아온 유성도 기다리던 광야도 현실로서 감당했다면 현실도 상징일 뿐입니다.

선생님은 또한 피차의 불이 무섭다고 하셨습니다. 그 불 속에 내 열 손가락을 드리워 태우고 있어도 끝내는 다 타버릴 정염情炎입니다.

16년 전 선생님이 가르쳐 주신 영시英詩속에 마노瑪瑙의 등잔을 든 여인이 나오는 것을 기억합니다.

그날 저녁 당마노唐馬瑙 반지를 낀 제 손을 꼭 잡고 "우리들의 진실을 위해서 이것을 마지막으로 하자."그리고 "나는 다른 운명에 대해서도 진실할 수밖에 없다." 그리고 또 어쩔 수 없이 "더 나이가 들어서 만나자." 이런 유예猶豫도 남기셨습니다.

넋이 구만리를 헤매어도 돌아갈 수 없는 심정이 있습니다. 여인이, 인간이 늙어서 혹은 병들고 남루한 몰골로 사랑하는 사람 앞에 설 수 있다고 생각하십니까. 그런 형상으로 돌아갈 수 있는 사람이 있다면 이미 그는 신에 가까운 사람이 되어 있을 것입니다. 그는 탕자의 아버지가 된 사람입니다. 그 탕자도 이제 정염을 다 태운 정화된 인간이기에 돌아갈 수 있습니다. 이제 그에게는 배고픔이 수치가 아니고 남루가 모욕이 아닐지 모릅니다. 광대한 세월의 그 욕되고 헛된 탐닉에서 돌아갈 때, 자기 슬픔이 뼈저리다고 생각하는 것은 아직도 거짓이라고 깨달았을 때, 비로소 그 모든 것은 진정한 것으로 되었을 것입니다.

결국 마지막의 과제는 "참다운 위로는 행복이 영원히 사라진 후에 비로소 온다."는 릴케가 문학으로 밖에 표상할 수 없는 완료가 없는 영원한 도정입니다. 그것은 결국 인간 앞에, 나 자신 앞에 밀려 있는 절망적 거리일지라도 그러나 파리 목숨같이 작고 하잘 것 없이 살아서도 끝내 포기해서는 안될 항상 나를 능가하는 내 앞의 실존입니다.

이제 나의 방 벽감壁嵌엔 마노의 등잔이 켜져 있습니다. 그 침침한 방은 꿈꾸듯 정온하고 고독하지만 결코 싫지 않은 외로움이 있습니다. 어느 때까지 잠자지 못하는 밤 나는 거기서 보내지 않을 긴 편지를 쓸 것입니다.

그 마노의 등잔은 당신이 켜 놓고 간 것이지만 이제 당신이 그 밤에 꿈이 아닌 형상으로 나타날 때 꺼져버립니다. 그 방엔 우리를 거부했던 뼈저린 진실이 차지하고 있기 때문입니다. (시와 의식 수필 신인상 당선작, 1980)

삼일 정신

한일합방 후 9년 만에 산간벽촌에까지 독립만세의 봉화가 어둠 속에 타오른 삼일 의거는 세계사에 드문 피압제 민족의 비폭력 저항운동이다.

경상북도 풍기에서 유학사이며 의병장이었던 이현구 선생은 일본이 창씨령을 내리자 패랭이에 상복을 입고 칠성판에 누워 단식한 지 33일 만에 순절했다. 일경은 소문이 두려워 장례를 치르지 못하게 하여 집 뜰에 가매장을 했다가 해방 후에 매장했다.

해방이 되자 어떤 국민학교 교장선생은 제자들에게 우리말을 못하게 한 죄책으로 교직에서 물러나 쓰레기를 주우며 참회하며 살고 있다는 신문기사를 수년 전에 읽은 적이 있다.

한 사람의 의인이 우리 모두의 과오를 씻을 수는 없다 해도 이러한 정신들은 민족이 민족으로 있게 하는 정신적 등불이다. 일제 36년, 그들은 이름을 빼앗아 우리의 존재를 지우려 했고, 언어를 빼앗아 사고의 핵을 뽑아버렸다. 저들은 패전의 단말마 속에서도 황군은 가는 곳마다 승승장구한다 속여, 해방은 우리 민족에게 긴 악몽에서 갑자기 깨어난 꿈같은 현실이었다. 그들은 수백만의 우리 젊은이를 끌어다가 (한 달)

이역의 원혼이 되게 했고 지능적으로 민족의식의 뿌리를 뽑음으로써 식민지 말기에는 우국지사들마저 창씨를 안 한 사람이 극소수였다. 베드로가 하녀 앞에서 예수를 모른다 한 것은 사람은 누구나 목숨의 위기 앞에서는 배반할 수 있다는 표시다.

일본은 우리에게 역사를 통해 항상 승자이고 우리는 패자였지만, 정신적으로 이긴 자가 참다운 승자라면 그들은 우리에게 항상 패자가 될 수도 있다. 그들의 역사 교과서가 그들 후세 앞에서 옳다면 세계사에서도 옳은 것이어야 한다. 어떤 작가가 "일본은 정신문화가 없는 민족이다."했지만 그들의 과거, 현재를 비방하기에 앞서 우리 자신 과연 정신적인 승자인가 스스로 물어보자.

"나는 모른다."가 아니라 한 핏줄의 아들, 딸들이 사지로 끌려가는 마당에 황국신민의 영광이라고 찬양했던 친일 관리, 교육자가 득세하고 그들 중엔 '삼일문화상'을 받은 이도 있다. 지난 잘못을 덮어둔 채 처세와 술수만 능하면 권력의 중심부에 되돌아오는 지도층의 가치전도는 오늘까지 되풀이되고 있다. 어둡고 긴 압제의 굴레 속에 조국의 희생양으로 끌려간 정신대의 어린 딸들이 일생을 그늘에서 부끄러워하며 살아간 것을 우리 모두가 부끄러워해야 한다. (삶의 자리, 1992. 3. 1)

순결, 그 모순의 꽃

프란시스 잠의 소설 '처녀의 나무'(원명은 '젊은 처녀들')에 나타나는 소녀들은 현실에 없는 꿈같은 소녀들의 모습이다. 그러나 릴케가 프란시스 잠을 가리켜 "이 시인은 소녀들에 의한 것이라면 무엇이든지 알고 있다."라고 했듯 결코 그 소녀들은 상상으로서만 이루어진 소녀가 아니다. 그의 소녀들은 모든 소녀 아니 모든 여인의 영혼 깊숙이 깔려 있는 실재성을 리얼리티를 넘어서 상징하고 전형화하고 있다.

클라라는 모든 소녀가 꿈꾸는 소녀다. 이른 아침 푸른 채찍을 들고 정원지기가 안장을 얹어주면 돌 벤치에 올라서서 당나귀를 타고 이슬에 젖은 숲길을 간다. 가다가 봉담꽃을 꺾어 흰 리본이 달린 그녀의 커다란 밀짚모자에 꽂는다.

부모를 떠나지 않고 영원히 같이 살기를 기도하면서도, 그녀의 방에 초상화가 걸린 종조부의 사련邪戀에 대해 무한한 호기심을 가지고 있다.'종조부는 그의 약혼녀를 무릎에 앉혔을까?' 이런 생각을 하고는 죄를 지었다고 하느님께 용서를 빈다. 종교적인 죄의식 때문에 너무도 상처받기 쉬운 영혼을 가진 이 소녀는 항상 자신의 순결을 더럽힐까 봐 풍요한 현실의 은총 속에서도 마음은 누구보다도 괴로운 소녀다.

어느 날 파리에서 법률 공부를 하는 시를 쓰는 이웃 장원莊園의 귀족 청년과 아버지를 따라 사냥을 갔다가 청년과 단둘이 있게 되자 그의 앞에서 흐느껴 운다. 그녀는 평소에 이 청년의 시를 암송하고 있었던 터이다. 청년은 그의 목덜미를 애무하면서 눈물을 닦아준다. 그 후부터 그녀는 병들어 버린다. '우리들의 애무가 품어서 기른 슬픈 열매마저도 남겨두지 않은 채 그녀는 죽어버렸다.' 수수께끼의 인물인 종조부의 낡은 편지를 훔쳐보았던 그녀는, 남자의 애무만으로도 임신을 한다고 생각하고 고뇌 끝에 결국 자살해 버린다.

이것은 무구한 소녀의 어리석음이 저지른 비극이지만 클라라의 깊은 내면에 숨겨져 있는 인간의 또 하나의 근원적인 모순을 엿볼 수가 있지 않을까? 다시 말해 그녀는 자기가 사랑하는 사람에게는 영원한 순결을 주고 싶은 것이다. 그러나 사랑하고 사랑받는 순간 순결은 깨어지고 만다. 이 이율배반적인, 근원적인 인간의 모순 앞에 고뇌하다가 소녀는 자신을 파괴한 것이다. 그녀는 그 청년에게 끝내 고백의 편지를 쓰지 않는다. 그토록 사랑하고 고뇌하면서도 그 청년은 아무런 책임이 없다고 생각할 만큼 그녀의 영혼은 고고했던 것이다.

클라라의 순결이 철저히 의식 속에서 추구되었다면 알마이드 데뜨르몽의 순결은 사랑의 시련 속에서 구체적으로 영글어진다. 그녀는 몰락한 시골 장원에 혼자 남은 주인 아가씨다. 깊은 산골짝에 핀 이름 모를 붉은 꽃처럼 아름다운 이 처녀의 사랑의 정열을 아무도 알아주는 이가 없다. 그녀는 어느 날 강물에서 목욕을 하다가 목동을 만난다. 이 양치기 소년은 그녀가 알고 있는 높은 사회의 부富도 지식도 예절도 전혀 없는 헐벗은 자연아自然兒다. 그러나 그는 본능적으로 그녀를 아름답게 건강하게 감미롭게 사랑할 줄 아는 마치 태초의 사나이처럼 신선하고 매력적인 소년이다. 어느 날 이 목동은 눈보라 속에 등반객의 길 안내를 갔다가 영영 돌아오지 않게 된다. 그러나 그녀는 평소 경멸했던 남자의 구혼을 받아들이지 않고 사생아를 낳아 떳떳이 기른다. 사랑을 갈구하며 방황하던 고뇌, 불타던 사랑의 고뇌, 그리고 절망조차도, 그 아무것도 결코 헛되지 않았음을 이제는 점점 확인해 가면서 성숙한 여인으로서 어머니로서 살아간다. 순결이 결코 수단일 수 없는데도 자신의 처녀를 현실적인 안주를 위해 흥정하고 남자의 지위를 자신의 영광으로 몸에다 장식하려는, 스스로의 운명을 갖지 않는 여인들, 한 번도 뜨겁게 인생을 사랑할 수 없었던 요조숙녀들, 그에 비해 데뜨르몽이야말로 정열에 의해 자의식自意識에서 해방된, 스스로에 정직함으로써 자기 운명을 다 살아낸 여인이 아닌가.

하느님은 왜 날 때부터 불구자를 만드신 것일까. 그러나 손잡이가 청둥오리 머리 같은 흑단 지팡이를 짚은 기품 있는 뽐 다이스의 가녀린 모습은 왕자의 침통함이 깃든 제비꽃 같은 잿빛 눈과 함께 차라리 매혹적이다.

스페인 여자인 어머니를 닮아 미남이고 다감한 조아네스가 그녀를 사랑한다고 했을 때 뽐은 "전 절대로 남의 아내가 될 수 없어요. 다시는 그런 말씀은 안 한다고 약속하세요." 라고 말한다.

그러면서도 친구 뤼스처럼 완전한 육신으로 그를 사랑하고 싶었던 나머지 루르드의 기적의 샘에 가서 목욕했으나 그녀에게 기적이 일어나지 않았다. 그리고 몇 달 후 뤼스는 조아네스의 청혼을 받았다고 말한다.

"이게 어찌 된 일이란 말인가. 이런 인생에 의미가 있을까. 무엇을 하고 인생을 보낼 것인가."

그리고 뤼스와 조아네스가 결혼하던 날 밤, 시인 톰 아저씨의 품에 안겨 뽐은 울면서 말한다. "저는 슬픈 아이예요. 삭발하고 제파라트리스의 수녀가 될래요."

사랑의 만남이 없는 순결은 무슨 의미가 있을까? 그러나 순결은 차라리 파선을 목적으로 하는 끝없는 동경의 배다. 하느님께 대한 순결만이 이 동경의 배를 난파하지 않고 피안의 포구에 닿게 할지 모른다. 그러나 하느님은 완전한 사랑, 완전한 순결을 요구한다. 사랑하는 자들 속에서 맨 끝에 남아 있는 가장 값싼 흥정자가 아니다. 세상의 욕망이나 사랑에 좌절되어 거세된 무기력한 영혼의 안식처가 아니다. 차라리 그는 오욕의 밑바닥에 떨어진 벌거벗은 죄인을 정결케 할지언정 자기 운명을 남긴 채 이것 아니면 저거라도 하는 타협을 위해 돌아오는 자의 도피처가 아니다. 하느님은 오로지 자기만을 사랑하는 신부에게 감미롭고 충일한 사랑을 베푸는 신랑이기 때문이다. 수녀가 되고, 삭발하고 중이 되는 동기가 실연失戀이라면 이것처럼 신에 대한 모독, 아니 자기 모독이 아닐 수 없다. 신앙은 결코 인생의 도피처도 피난처도 아니다. 그것은 인간이 자기 인생을 추구하는 하나의 방법이며, 가장 고난에 찬 근원적이고도 고차적인 방법이기 때문이다.

다행히 뽐 다이스는 자기의 불구를 한 번도 원망해 본 적이 없다. 그녀는 천부적으로 신의 사랑을 깨닫고 있는 처녀다. 루르드의 샘에서 그녀의 염원이 이루어지지 않았을 때도 하느님을 원망할 수가 없었다. 그녀의 영혼은 인간 앞에서도 하느님 앞에서도 너무도 무구하고 순결했던 것이다.

처녀의 순결은 일회적이다. 그러나 인간의 사랑은 일회적이 아니며 사랑할 때마다 그 사랑이 새롭고 진실하기 위해서 순결은 필연적이며, 순결하지 않은 사랑은 이미 사랑이 아니다. 그러나 인간이 육체를 완전히 정신화할 수 없는 이상 육체가 순결을 잃었을 때 그는 순결하다고 할 수 없다. 그래서 성직자가 순결을 지키는 것은 인간적으로 완벽을 지향하는 하나의 방법이 아니겠는가. 따라서 영혼이 순결한 처녀의 육체적인 순결은 완전하고 고귀한 것일 수밖에 없다.

순결의 나무, 그것은 겨울나무처럼 헐벗고 무구하다. 또한 그 나무는 무한한 사랑의 가능성을 간직하고 있는 모순의 꽃을 피우는 나무다. 그것은 이 세상에는 존재하지 않는 이데아의 꽃이다. 이 세상에는 완전히 순결한 자가 아무도 없기 때문이다. 그러므로 모순의 꽃보다 아름다운 꽃이 있을까.

(새벽, 1992. 3. 1)

12월이 오면

내가 제일 견딜 수 없는 것이 겨울이다. 온 세상이 겹겹이 식어 있는 겨울 대기 속에 들어앉아 있는 내 육신의 화덕불은 너무도 시들하게 가까스로 피어 있기 때문이다. 아무리 껴입고 껴입어서 육신을 감싸더라도 애초부터 시시하게 타고 있는 불이고 보면 그 두꺼운 언 공간을 막아내고 스스로를 뜨겁게 유지하고 밖으로도 열을 발산할 가망은 전혀 없는 것이다. 따스한 이불속에서도 싸늘한 내 발을 만져 보면 나는 전혀 열을 가지고 있지 않다는 것을 알 수가 있다. 이렇게 식은 몸을 유지하기 위해서는 바깥의 열기밖에 의지할 것이 없다. 어딘가 따스한 데는 없는가?

그런데 12월이 오면 나는 어느 때보다도 이상한 생기에 찬다. 근무처에 앉아 있을 때면 머리가 지끈지끈하게 아프도록 온 몸이 오그라들고 게다가 추울수록 병아리처럼 꼬박꼬박 졸음이 오는데도 나는 캄캄한 밤 속에 반딧불처럼 싸늘하게 타고 있는 나를 의식한다. 아니 이것은 지나친 자의식에 찬 자기 형상화인지 모르지만 좌우간 지긋지긋한 겨울엔 살고 싶지 않다. 정말 어떤 꽃이 만발하고 낙화가 흩어지고 울울창창한 여름의 녹음, 흰 구름 아래 반짝이는 잎새, 비바람에 머리를 털며 성낸 듯 흔들리고, 열매 맺고 끌어안고 그리고 또 로맨틱하게 낙엽을 떨구던 금빛 가을날. 이제는 다 벗어 앙상한 두 팔을 벌리고, 걷어붙인 메마른 다리를 드러내고 저러고 서 있다. 그것은 결코 그러고 싶어 저러는 것이 아니다. 자기 표방이 아닌 어쩔 수 없다는 모습이다. 인간은 의식을 가진 한 아무리 해도 죽는 순간까지 저런 모습을 할 수 없지 않을까?

인류 역사 속에서 가장 엄청난 자기 표방을 한 사나이. "곧 나는 신이다. 그리고 곧 너희도 신이 되어야 하고, 될 수 있다. 그리고 또한 그래야만 진정한 인간이 될 수가 있다."라고 외치면서 그리고 마지막엔 두 팔을 벌리고 헐벗은 알몸으로 나무에 매달린 예수라는 사나이. 그도 사실은 그 마지막 순간엔 입을 다물고 자기 표방도 변명도 않고 참으로 한 그루 나무처럼 서서 죽을 수밖에 없었다. 그의 죽음은 스스로 선택한 의지적인 것이면서도 실상 가장 필연적인 자연의 나무와 같은 죽음이다. 실상 그의 죽음이 위대한 것은 이 필연성 때문인 것이다. 아무리 사르트르가 인간의 자유, 선택의 위대함을 부르짖었지만 예수의 죽음에 헐벗은 나무와 같은 죽음만큼 일까. 실상 가장 필연적인 자연은 나무와 같은 필연성이 없다면 그것은 결코 참다운 죽음도 위대한 죽음도 될 수가 없는 것이다. 겨울나무는 완전히 아무것도 자기를 드러내지 않는 철저히 자기 내향, 자기 귀존自己 歸存의 형상이다. 무슨 말을 할 수 있단 말인가!

나무는 형상으로써 사고한다. 인간처럼 말로써 사고하지 않고…. 백만 불짜리 그림이 겨울나무만큼 위대한 형상으로써 사고할 수 있을까? 나무는 도끼에 찍혀 하루아침에 이편 형상으로 변해 버릴지라도 한 순간은 이 세상의 어떤 인간의 창조적인 모조품보다 위대한 모습으로 살다가 가는 것이다. 인간도 결국 죽음에 이르러서는, 절대적인 고통에 이르러서는 말을 할 수 없는 형상으로 머문다. 이것은 어쩔 수 없는 필연이기 때문에 그 많은 위대한 의지, 자유, 창조보다도 가장 진실한 것이고 그것과 더불어 궁극에 가서는 인간을 참으로 위대하게 만드는 조건이다.

참으로 착한 친구가 있었다. 내가 궁금했을 때, 나 스스로 나를 외면했을 때 나를 그토록 환하게 흐뭇하게 맞아주던 친구가 죽을병에 걸렸다. 일생을 교단에 서서 학자인, 무능한 남편을 내조하던 그녀 앞엔 네 자녀가 있었는데 딸 하나는 불구아였다. 참으로 다정다감하고 패기 발랄한 친구가 있었다. 그녀는 좋고 나쁜 것이 너무 분명해서 무구할 정도로 인간관계가 정직하고 또한 성실했다. 그러나 25년 동안이나, 너무도 이상(?)과 동떨어진 결혼 생활을 하다가 외국에서 남편과 헤어져 버렸다. 이미 중년도 훨씬 넘은 나이에 인생을 단념하지 않는 그녀의 의지와 용기는 얼마나 가상한가! 그러나 홀로 떠나와 자유롭게 살다가 중병에 걸렸다. 이미 남편에게는 돌아갈 면목도 없지만 그 자존심, 그 긍지만이 진실일까? 이제 그녀의 더 깊은 이면엔 어떤 부르짖음이 있을까?

나는 어느 겨울날, 깊은 숲 속에 있는 호수에 가 본 적이 있다. 호수는 저물어 가는 겨울의 저승 같은 고요 속에 허옇게 얼어붙어 있었다. 그런데 그 호수 밑에서 심장이 파열하는 듯한 이상한 소리가 났다. 어떤 살아 있는 목숨의 울음소리보다도 더 처절하면서도 투명한 태초의 파열음. 호수 밑에서 아직도 체념하지 못한 원한에 찬 심연의 울음이 얼어붙은 표면에 부딪쳐 뼈저린 소리가 되는 것이다.

나의 겨울 친구여!

그 아무도 듣는 이 없는 캄캄한 밤에 호수처럼 홀로 울고 있을 나의 친구여! 그대들 앞에 역시 나는 너무 많은 말을 했나 보다. 그러나 또, 또 한 마디, 이렇게 처절하고 비정한 필연의 타력他力 때문에 우리의 선택, 우리의 자유, 우리의 의지, 감정, 사랑은 위대한 것이 아니겠는가!

친구여, 겨울 앞에서 아무도 나눌 수 없는 아픔을 안고 겨울처럼 입을 다문 채 마지막 날까지 안으로 안으로 따뜻하게 목숨을 부지하고 있을, 나의 겨울 친구여!

(여성동아, 1982. 12)

그 아래 풍경들

가파른 언덕에 치솟은 성당의 뾰족탑을 향해 오르면서 그 돌계단 가에 있는 어떤 인간 풍경을 보지 않는 사람은 아무도 없을 것이다. 아이들이 태를 쳐 뻗어버린 개구리처럼 엎드러진 앉은뱅이, 주머니를 든 장님, 누렇게 얼굴이 뜬 할머니, 이들은 이 성당의 석고로 된 성인이나 천사상처럼 주일이면 언제나 자리에 붙어서 있는 살아있는 소상塑像 들이다. 어느 주일날 주머니를 든 장님 옆에 머리가 커다란 낯선 난쟁이 앉은뱅이가 한 사람 앉아 있었다. 장님은 적선 주머니를 흔들어대면서 입으로는 이렇게 작은 소리로 투덜대고 있었다.

"왜 하필 내 옆에 와 있는 거야. 숱한 자리를 두고서. 다른 데로 가라고." 앉은뱅이는 천진스러워 더 슬퍼 뵈는 눈을 멀뚱히 뜨고 묵묵부답으로 앉아 있었다. 그는 문득 헤르만 헤세의 카맨진트에 나오는 꼽추 폽을 연상케 하지만 폽처럼 어떤 영적인 예지와 성덕을 가진 그런 모습은 전혀 아니다.

그는 그런 정신적인 차원과는 전혀 무관한 그저 여지없이 좌절되어 버림받은 몰골로 거기 와 앉아 있는 것뿐이다.

실상 현실의 인간이란 이렇게 어쩔 수도 없이 그대로 불구고 가난하고 버려진 것 그것뿐이지 거기에 어떤 빛이나 구원의 그늘인들 있겠는가. 그러면서도 나에겐 그 소설의 폽보다 절망도 고뇌도 겸허조차도 없어 뵈는 전혀 무념한 그 난쟁이에게 더 애정이 가는 것은 웬일일까. 그것이 인간의 현실적인 진실이기 때문일까.

장님은 여전히 적선 주머니를 흔들면서 심술스러운 아이들처럼 "가! 가!"하고 중얼거린다. 안 그렇더래도 저 장님보다는 난쟁이에게 훨씬 호감이 간다. 하지만 완전히 다 잃고 땅바닥에 깔린 자들한테까지 굳이 우열을 따지는 자체부터가 어디를 가나 버리지 못하는 고까운 가치의식의 습성인가.

장님의 불평을 나무라서가 아니다. 그야 수족이 멀쩡하고 게다가 자가용을 타고 이들 옆을 미끄러져 오르내리는 사람들 중에도 이웃에 당치도 않게 불평을 하고 또 남을 떠다 넘기는 자들도 얼마든지 있지 않을까. 이들의 적선 통 안에는 동전이 흩어져 있고 기껏 백동전이 몇 개 섞여 있을 뿐이다. 성당 주보에는 매주 지난 주일의 헌금이 기재된다. 평균 2백만 원하고도 몇 십만 원을 상회한다. 그것의 1백 분의 2이면

2만여 원이다. 이 불구자들이 매주 받는 동냥이 그 2백 분의 1이 될까. 모르긴 하지만 그렇게 까지는 안될 것이다. 그 높은 계단을 오르내리는 발걸음들이 목적이 무엇이든 간에, 인생 패잔자敗殘者들의 적선 바구니를 들여다보노라면 역시 신자들은, 아니 인간들은 보편적으로 인색하다는 느낌을 씻을 수가 없다. 교회는 항상, 특히 가난한 자, 소외된 자의 편임을 공언한다. 역사적으로도 거기에 모순은 많았지만 그런 기본정신을 시험하는 일환으로 만약 교회가 그 주일의 헌금의 1백 분의 1을 이 「단골손님」한테 준다고 되어 있으면 아마 이 성당은 매주 구걸하는 자로 인산인해를 이룰 것이다.

이것은 교회를 비난해서도 옹호해서도 하는 이야기가 아니다. 교회가 있는 한 항상 거기에 있을 존재들, 그러기에 사람들은 어느덧 거의 자연스러운 이 풍경 앞에서 무감각해져 버리는지 모른다. 혹은 저런 존재는 국가나 사회제도가 근본적으로 해결할 문제지 개인의 몇 푼 동냥으로 구제될 일이 아니라고 생각하는 상당한 사회의식에 투철한 사람도 있을지 모른다. 서양의 「비안네」라는 성인聖人 신부神父는 일생 남루를 입었다고 한다. 그는 항상 자기 옷을 벗어 줘도 항상 그의 앞에 가난하고 헐벗은 사람이 나타났기 때문이다. 인간에 대한 연민도 쾌락처럼 어쩔 수 없는 감정적인 습벽이 아닐까. 하지만 쾌락은 끝없는 환상이며 연민은 끊임없는 실재감을 가져온다.

획일적인 현대 사회구조 속에 씨지프스적인 실존적 우울에 빠지거나 아니면 소시민적인 생활 안주로 자기만족을 하거나 어느 쪽으로도 현대 사람들은 자아를 잃어간다. 연민이 마비되고 감동을 잃고 의분은 항상 발화점 이하를 유지하고 스스로에게 속아주는, 저 장님보다 앉은뱅이보다 아직도 잃어버려야 할 것이 많은, 그러나 근본적으로 구제되어야 할 자아를 잃어버린 군상들이 현대인이 아닐까.

이런 현대적인 상황 속에서는 종교마저도 저마다의 편의에 따라서 적당하게 변조되고 안배되는 게 아닐까. 가장 높은 의미가 그 본연의 뜻을 잃을 때 그것은 가장 낮은 의미로 전락된다.

교회가 병을 고치고 가난한 자에게 부를 주고 실패한 사업가를 재기시키고 시험에 합격을 하게 하는 기적이나 영험이 있는 곳이라 여기고 간다면 점쟁이를 찾는 행위나 아무것도 다를 것이 없다. 오늘날 우리 사회의 한 모서리에 기독교의 일파가 어마어마하게 부흥하고 있고 사찰이 번창하고 가톨릭 교회 역시 교세가 확장 일로에 있는데도 사회상은 어느 때 못지않게 정신적으로 피폐한 모습을 띠고 있는 것은 무엇을 의미하는가? 이런 피상적인 종교의 부흥을 내면화하고 심화하지 못할 때 그기엔 교회의 책임이 있을 것이다.

(대구 가톨릭 아카데미 「더 높은 빛」, 1983)

단편소설

나르시시즘의 죄벌

늪에 괸 썩은 물처럼 사건이 없는 세월은 나에게 있어 도무지 흐르지 않는다. 그러나 지금은 아무런 변함없이 정체되어 있는 듯한 그 물도 언젠가는 메말라 썩은 밑바닥을 시꺼멓게 드러낼 날이 있을 것이다. 지금 아직도 그 늪의 수면은 하늘을 담은 채 또 그 하늘만을 멍하게 치어다보고 묵묵히 목이 잠겨 있다.

매달 사무실에서 받아들이는 서너 권의 월간잡지를 카운터에 내놓고 돈을 치를 땐 나는 마치 내 돈을 내고 사는 것만큼이나 그 순간에 약간 우쭐한 기분이 들었던 것이다. 그러나 오늘은 아무런 의식 없이 돈을 치르고 푸른 포장지에 매끈하게 싸서 고무줄로 탁 퉁겨 포장된 책 뭉치를 받아 들었다.

생각하는 것은 전혀 나 혼자만 같은 무의식의 인파 속을 뚫고 불빛이 환한 백화점 앞에 왔다. 그 앞에는 빨간 고무 코를 붙이고 차양이 넓은 녹색 모자를 쓴 샌드위치맨이 청바지에 꽉 낀 늘씬한 다리를 뻗정다리 걸음을 하면서 왔다 갔다 하고 있다. 그러면서 그는 연신 팔을 한 바퀴 휘둘러 손가락으로 백화점을 가리킨다. 그의 무언극은 기껏 이것뿐인 모양이다.

지난날 때때로 밤에 이 거리의 어릿광대를 보고 나는 산다는 것은 얼마나 엄숙한 것인가 하고 생각했었다. 하지만 한편으로는 이 투명한 유리의 성 앞에서 세월없이 성을 가리키고 있는 이 성문지기의 모습은 로맨틱하기조차 했다.

어릿광대, 그의 현실은 처절하도록 엄숙하고 그리고 또 로맨틱하다. 나의 이 생각을 그가 유리성을 들여다보듯 알고 있다면 가소롭다고 하지 않을까. 저 어릿광대만큼이나 지겨운 내 생활에서 오늘 밤 하나의 사건이 생긴 지금의 내 심정을 어릿광대가 모르듯 나는 어릿광대 속을 알 턱이 없지 않은가.

그 사건이란 늦게 9시가 넘어서 전화가 한 통화 걸려 와서 내가 우연히 그것을 받은 사실이다.

그러니까 그 전화를 받고 정신없이 한참 있다가 생각이 나서 시계를 들여다보니 9시가 지나 있었다. 만날 가다가 말다가 하는 시계지만, 그리고 또 내가 맞출 때마다 5분, 10분, 15분 더 보내 놓기 때문에 9시가 정확하지도 않지만 어쨌든 내 시계는 9시를 지나 있었다. 모두가 퇴근한 지 거의 9시간도 넘은 토요일 오후, 나는 화덕가에 앉아 책상 위에 있는 책을 이것저것 보다가 그런대로 상당히 긴 시간을 보낼 수 있었고, 어느덧 난롯가로 돌아앉아 지금은 기억도, 없는 무슨 생각에 골몰하고 있었다.

사실 토요일 오후, 늦게까지 혼자 난롯가에 앉아 있는 것은 구태여 집에 가기 싫은 일이 있는 것도 아니다. 부엌 뒤 골방 같은 방일 망정 두어 뼘 될만한 형광등도 붙었고 피곤한 육신을 거기 누이면 그만 이대로 영원히 잠들어 버렸으면 싶은 그토록 평안한 잠자리가 있다. 또 손만 뻗으면 머리맡에 수북이 쌓아 놓은 책더미 속에서 잡히는 대로 아무거나 들어도, 때로 예수를 흉내 내려다 거꾸로 매달린 베드로처럼 인식의 허공에서 물구나무를 서기도 하지만, 결국 누가 말했던가, 세상에 책이 있는 한 불행하지 않다는 행복감에 이를 수도 있다는 것이다.

그런데도 아무도 없는 사무실에 이렇게 혼자 우두커니 앉아 있는 것은 낮 내내 시원찮던 난로가 퇴근 무렵이면 으레 제법 열을 올리고 있어, 단지 그 따스한 난로에 대한 미련 때문에 엉덩이를 당장에 떼지 못한다는 것뿐인지도 모른다. 이것은 마치 거지가 양지쪽에 앉아 게으름을 누리고 있는 거나 마찬가질 것이다.

이러고 있는데 전화가 따르르 울렸다.

그것은 마치 깜깜한 심해에 금속성의 노란 빛줄기가 뻗쳐 들어 선명한 균열을 지어 놓듯, 순간 내 의식의 심연이 찔려 터지는 것 같았다.

2시간 전 수화기를 들자 어떤 작자가 느닷없이 「순애냐, 너희 아지마 바꿔라.」 했듯 잘못된 전화가 아닌지 모르겠다. 나는 이런 생각으로 수화기를 들었다.

「네, 여보세요.」

스스로 듣기에도 나의 목소리는 앙금이 낀 샛노란 목청이다.

「여보세요, 누굴 찾으세요?」

「아, 여기 수정동인데요……」

「……윤선생님!」

일순 나의 의식과 더불어 체내의 모든 흐름이 딱 멈춰지는 느낌이다.

「미스 곽이군요.」

「네.」

「그동안 잘 있었소? 근데 왜 아직 거기 있소? 거기 누구 다른 사람은 없어요?」

「네, 아무도 없는데요. 무슨 부탁하실 거라도……」

「아니오, 그게 아니오. 그래 그동안 별일은 없어요?」

「네, 아무 일도 없었어요.」

「설마 하고 전화를 했는데 뜻밖이오. 만나 봤으면 좋겠지만 난 내일 아침에 가야 하오. 미스 곽, 아직 더 있겠소? 그럼, 잘 있으시오.」

「네, 안녕히 가세요.」

수화기는 숨 한번 크게 쉴 간격이 지난 후 저쪽에서 천천히 놓는 것 같았다.

4년 만에 듣는 그의 음성은 오랜만에 조우를 반가워하면서도 여울이 휘감겼다가 부질없어하듯 다시 무한한 흐름 속으로 흘러가 버리는 것 같았다. 그런데 어쩌자고 나는 잔잔하던 웅덩이에 별안간 돌이 떨어지듯 그토록 걷잡을 수 없었던가. 마치 여울이 막혀 설움을 타고 흐르지도 못해 떨고만 있는 웅덩이처럼.

얼마 전 그의 큰아버지의 부보를 받고 그가 외국에서 귀국했다는 소식을 들었는데, 그는 S시에서 장례를 치르고 지금 본가가 있는 M시에 와서 밤중에 출판사로 전화를 건 모양이다.

윤세민尹世敏은 5년 전에 이 〈지오池吾 출판사〉의 편집국장이 유럽 순회를 떠난 사이에 국장을 대신해서 일을 보아 왔다. 그 당시 어느 날 밤 내가 그의 자택으로 전화를 걸었던 일이 생각난다. 신호가 떨어지자 그의 음성이 들린다.

「여보세요.」

거의 10시가 가까운 밤인데도 아무런 의심도 없는 그의 부드럽게 울려 퍼지는 듯한 낮은 목소리가 나의 귓전을 울리는 순간, 나의 전신은 한 개의 귓바퀴가 되어 절절한 실감의 파도에 휩쓸렸다.

「여보세요, 아, 미스 곽 웬일이오? 아직 덜 끝났소……」

그런데 뜻밖에 그의 음성은 처음과는 다르게 떨리고 있는 것이 아닌가.

나는 내일 중에 띄워야 할 미국의 모 종교잡지에 보낼 그의 영문원고를 타자하다가 뻔히 아는 단어 하나를 물었다. 나의 이런 억지 구실을 그가 알아챘을까? 어느덧 평정을 얻은 그의 목소리가 너무 늦게까지 일을 시켜 미안하다고 했을 때,

「아니에요, 괜찮습니다. 이제 거의 다 됐어요.」

그런데 나의 심연에서 불 그림자처럼 떨고 있는 영혼과는 달리 입 밖에 육화 된 목소리는 담담하게 가라앉아 있었다.

평소 달팽이처럼 바깥 피해에 너무도 위축되기 쉬운 소심한 나로서 어디에 이런 엉뚱한 연극기마저 생겨났는지 알 수가 없다. 아니, 이것은 연극이 아닐 것이다. 내면과 외면의 극단적인 상치를 넘어선 순간적인 자기 일치가 아닐까. 견딜 수 없는 유혹에 다이얼을 돌리면서도 제발 그가 나타나지 말기를 오히려 빌었는데, 나의 이 뜻밖의 전화에 그의 음성이 떨고 있었던 것에 반해 나는 그토록 평온한 표정을 하고 있었다. 그 후 4년이 훨씬 지난 이즘 실제 나 자신조차 스스로 믿지 않았던 부질없는 집념이 어느덧 서서히 무너져 버렸다고 생각했다.

수없이 거듭된 좌절, 이것도 하나의 관념만으로서의 좌절은 체념에 체념을 쌓고, 그 체념 속에서 권태를 권태로 의식 못할 만큼 무 감응의 체관諦觀에 이르렀다고 생각했는데 그것은 결국 스스로의 자존을 위한 작위적인 무의식이었을 뿐, 밑바닥엔 항상 어떤 계기만 있으면 도발할 수 있는 욕구가 잠들어 있었던 것이 아닌가.

5년 전 그가 불란서에서 14년 만에 돌아왔을 때 그의 우리말 문장은 몹시 서툴렀다. 처음 원고를 돌려줬을 때 나는 우선 연필로 옆에다 깨알같이 고쳐 써넣었다. 그리고 다시 그에게 그 문장을 읽어 주었다. 그는 내가 고친 문장에 민감하게 수긍해 왔고, 그러나 때로는 원문과는 엉뚱하게 빗나가 있는 나의 원역遠譯에 대해선 그는 자기의 의도를 다시 열심히 설명했다. 나는 그의 뜻을 다시 납득하고 내 의견을 떠듬거리다가, 마침내 피차의 의견이 어느 적절한 지점에서 투합하게 된다.

실제 그의 일에 대한 열의와 주의력은 어느덧 나 자신 그의 앞에서 갖는 어쩔 수 없는 지적인 열등감조차 잊고 함께 몰입하게 함으로써 나의 지력은 어느 때 없이 예리해 있었는지 모른다. 그러나 어떤 땐 피차가 적절한 언어를 모색하다가 정체 상태에 빠진다.

그 말은 어디에 있는가. 말은 태초에 이미 있었던 것인데, 우리가 그것을 잘못 찾아 그 실체를 잃게 되기 때문에 이토록 곤혹하는 것이 아닌가. 나는 턱을 괴고 펜대를 옆으로 길게 거꾸로 물고 하염없이 앉아 있다가 어느덧 나 자신 엉뚱한 생각에 몰려들 때가 있다. 그러다가 나는 내 옆에 저만큼 떨어져 회전의자에 비스듬히 기대앉아 자기 앞 어느 허점에 머문 방심에 빠진 듯한 그의 깊은 눈길을 건너다보다가 저이가 지금도 아직 그 문장을 생각하고 있는가, 아니면 지금도 나처럼 엉뚱한 생각을 하고 있는 게 아닐까, 이러는데 갑자기 그가 입을 열었다.

「〈은총은 우연한 것이 아니다. 거기까지 했지요. 거기서부터 다시 〈은총은 바람처럼 임의로 불어오는 것이 아니다. 인간은 필연적이고도 무진장한 우주의 신비 속에 내던져진 자이다. 내던져졌다는 것은 모험당하고 있다는 것이다. 이것은 또한 스스로 모험을 하도록 운명 지어진 자라는 뜻이다. 즉 내던져진 자신의 운명을 스스로 다시 한번 내던지는 것, 이것이 모험당한 자의 모험이다. 우리는 이토록 어쩔 수 없는 필연 속에 던져진 피 창조자로서 스스로의 모험을 통해 탈창조되는 순간 추락의 중턱을 벗어나 비상하는 은총에 부딪친다.〉」

이때 사실 나는 그를 똑바로 건너다보면서 그의 말소리만 듣고 말의 의미를 전혀 생각지 않고 있었기 때문에, 그는 그 말을 다시 되풀이하지 않으면 안 되었다.

그의 이런 열의에 몰려 일이 일을 낳는 와중에서 나는 근무

시간 이외에도 가끔 그의 자택에서 일을 하게 되었다. 그때 나는 먼저 그의 서재로 안내되었다. 창문이 하나도 없는 이 방은 낮에도 전등을 켜야 했다. 불이 켜지자 묵직한 장정의 양서, 퇴색한 고본이 꽉 차 있는 천정까지 닿는 높은 서가가 사방에 둘러 있다. 그 가운데 다리와 모서리가 조각된 흑단 테이블이 있는 그 위에 외국 잡지, 신문 그리고 펼쳐 놓은 채로의 두꺼운 양서들이 무질서하게 쌓여 있다. 이 방의 장식이라고는 이 흑단 테이블의 정면에 책장과 천정 사이 1미터 남짓한 흰 공간에 마치 피에로의 얼굴 같은 짙은 원색의 〈루오〉의 「그리스도의 얼굴」이 걸려 있을 뿐이다.

그는 처음 이 방에 나를 안내해 놓고는 앉으란 말도 없이 필요한 책만 주섬주섬 주워 들고 원고지와 연필만 나에게 내밀고는 앞장을 섰다. 붉은 양탄자가 깔린 긴 복도를 지나 가을의 정원이 양옆으로 눈부시게 펼쳐지는 한옥과 양옥을 잇는 대리석 주랑을 지나 인기척도 없는 주방 앞을 거쳐 외국 영화에서나 본 듯한 엄청나게 큰 식당으로 들어섰다. 짙은 물빛 양탄자가 깔린 방 중앙에 아무것도 없는 긴 테이블이 놓여 있고 기나긴 양편 벽에 다갈색의 커튼이 골을 지어 늘어져 있었다. 그가 줄을 당겨 커튼이 양편으로 죽 걷히자 그 뒤에 흰 레이스 커튼이 마치 대기하고 있었던 신부의 너울처럼 수줍게 드러나고, 가을볕이 눈송이 같은 엷은 커튼의 그림자를 날리며 방 안 가득히 쏟아져 내렸다.

이 식당 중앙 정면 높직이 전체적으로 푸른 색조를 띤 거의 5미터 폭의 다빈치의 「최후의 만찬」이 걸려 있고 그 아래 왼편 벽 모퉁이의 화류 탁자 위 커다란 백자 항아리에 코스모스가 한 지게는 될이만큼 흐드러지게 피어 있었다.

그는 긴 식탁 한편에 아무 데나 의자 하나를 끌어당겨 나에게 권하고 자신도 내 곁에 나란히 앉아 일을 시작했다. 그는 원서를 펴놓고 원고지에 번역을 해내려 갔다. 나는 내 곁에 쌓이는 원고를 집어다가 몇 번이나 되씹어 읽어 가면서, 마치 인색한 농부가 가난한 자와 짐승들을 위해 이삭을 남기지 않고 쓸어간 빈 들에서 이삭을 줍듯 틀린 것을 찾기에 골몰했다.

사실 나는 너무나 방대하면서도 아름다운 이방의 조화에 취해 있었지만 어느새 다른 잡념을 들일 겨를 없이 그를 따라 일에 몰두해 있었다.

어느덧 금빛 햇살이 스러진 지도 오래고 불빛이 흰 식탁 위에 듬뿍 쏟아져 내렸다. 이윽고 늙수그레한 주방 여자가 저녁 준비가 되었음을 알렸다. 대강 일거리를 옆으로 밀어 놓고 그는 일어서서 「최후의 만찬」 그림을 등지고 식탁에 앉았다. 나는 그의 오른편에 자리를 잡았다. 흰 당목 냅킨에 은수저를 놓고 그다음에 아주 간소한 반찬 몇 가지에다 식기 국그릇까지도 은테 한 겹이 둘린 흰 접시에 받쳐 놓았다.

그는 밥을 먹다가 문득,

「아마 이 방에 한 10년 이래로 여성이 들어와 밥을 먹기는 미스 곽이 처음일걸.」

하고 빙그레 웃었다.

윤세민의 큰아버지는 10년 전에 부인과 사별하고 죽 독신으로 지내면서 그의 방대한 재산조차 일체 공증인에게 맡기고, 가끔 유럽에 유학 보낸 세민을 만날 겸 오랫동안 외유를 하는 외에는 사회를 떠나 은둔생활을 하다시피 했다. 그는 가톨릭 산하에 있는 여러 가지 자선단체, 문화단체를 가지고 있었으나 그것은 명목만의 사업일 뿐 직접 운영에 관여하지 않고 그의 재산을 이윤 없는 사업에 투자하고 있었다. 이 〈지오 출판사〉 역시 그의 이런 기업체 중의 하나다.

그에게는 딸 하나가 있었다. 그런데 그 딸도 시집간 이듬해 해산을 하다가 죽었다. 그리고 세민은 그의 단 하나뿐인 동생의 아들이다. 세민의 아버지는 어릴 때부터 집을 나가 떠돌아다니며 많은 재산을 탕진했다는 소문 이외는 그의 아버지에 대해 상세히 아는 사람이 없고 세민도 그의 아버지를 모르고 있었다. 아마 세민이 그의 백부를 그토록 닮지 않았으면 남들은 그가 민씨 집 아들이라는 근거조차 확실하지 않다고 할지 모른다.

세민은 대학 재학 시절에야 큰어머니가 생모가 아닌 줄 알았다. 그가 재학 중에 유럽 유학을 가려 하자 큰어머니가 몹시 말렸다. 풍문에 그의 아버지는 불란서의 어느 봉쇄 수도

원에 들어갔다는 소문도 있고, 수도원에서 경영하는 걸인 수용소에서 죽었다는 소문도 있었다.

세민은 결국 불란서로 가서 소르본느에서 철학을 전공했고, 박사학위를 받은 몇 년 후에는 다시 스위스 프리브륵 신학대학에서 5년간 신학을 전공하다가 신부 되기 1년을 앞두고 무슨 곡절인지 고국에 돌아와 있는 것이다.

그때 그의 큰아버지는 늘 못 잊어하던 조카가 돌아와 있는데도 S시에 있는 집에 머물러 있었고, 세민이 가끔 이 고향 M시의 본가에서 큰아버지를 보러 올라가곤 했다.

그날 밤도 그는 자기 집에 대해선 일절 이야기가 없었다. 그는 집에 대해서뿐 아니라 자기 자신에 대해서도 평소 이야기를 하는 적이 없다. 평소에 일에 대한 객관적인 대화 이외에는 이렇게 과묵한 그에게 어디에 그토록 상대방으로 하여금 부담을 주지 않는 자유로움이 있는지 알 수가 없다.

그는 가끔 나의 덜 영근 사변적인 이야기에 대해서도 진지하게 귀를 기울였다. 아니, 차라리 그것은 자기 앞에 있는 어떤 상대에 대해서도 자신이 미리 부여할 아무런 선입관도 갖고 있지 않음으로써 전혀 허심 해져 있는 그런 자세였다. 이런 그의 천성적인 허심에서 오는 본질적인 평등감 속에서 나는 자연 몽롱한 의식에 싸인 내 존재의 두꺼운 문을 열게 되는 것인지 모른다.

「선생님, 우리나라 가톨릭에 1만 명에 가까운 순교자가 있지 않습니까. 개중에는 우리의 이성으로는 도저히 상상할 수도 없이 자신의 신념을 굽히지 않고 용감하게 죽음으로써 순교자가 된 분들이 있지요. 그 죽음이 후세에까지 증거가 되어 복자福者(교회가 공식적으로 품위에 올려 성인 다음으로 공경하는 순교자)로서 숭앙을 받지 않아요. 하지만 저는 그 뒤에 숨어 있는 많은 사람들이 우리로서는 헤아릴 수도 없는 인간적인 심연과 초자연적인 체험을 겪고 죽어 갔지 않았나 생각해요.」

「그렇지, 세상에 나타난 순교자들 외에도 이름 없는 순교자는 얼마든지 있을 수 있지. 어떤 의미로 극한적인 공포 속에서 그들의 형상은 오직 인간적인 비참을 드러냈을 뿐일지 모르지만 내면적으로는 어느 순간 신에 훨씬 가까이 섰던지도 모르지.」

「그런데 그들은 전혀 어둠 속에 묻혀 버리지 않았어요. 그들 앞에는 신도 침묵을 했고 인간의 역사도 침묵을 하고 있는 게 아닙니까.」

「신의 침묵, 그렇지. 신은 어떤 처절한 인간 상황에 와서도, 그를 증명하려고 목숨을 던지는 자 앞에서도 침묵을 하거든. 인간의 절망 앞에서 신은 결코 대답을 하지 않지. 우리가 절망 앞에서 신에게 간청하여 위로를 받았다면 그것은 절망까지 이르지도 못한 자의 자기 착각에 빠진 자기 표방일 거야. 그런데 신이 만약 대답을 한다면 어떻게 될까?」

「절망 앞에서 대답을 해주는 신이라면 우리는 이 세상에서 고통을 받고 살 필요가 없겠지요. 아니, 진정한 고통이라는 게 있을 수 없겠지요.」

「그렇지. 그런데 인간은 그 고통을 의식함으로써 피조물 중에서도 신에게서 가장 멀리 떨어져 있는 자이거든. 그러면서도 신과 떨어져 있는 것이 얼마나 비참하다는 것을 깨달음으로써 신을 사랑할 가능성이 주어진 유일한 존재가 아닐까?」

「그러면 침묵도 신이 우리에게 베푼 궁극적인 자비일 수조차 있겠군요. 어쩌면 고통마저도. 누가 죽음은 인간에게 주어진 가장 귀한 것이라고 했던 것처럼 말이에요. 그렇다면 어둠 속에 묻혀 있는 순교자들뿐 아니라 이 세상에서 버림받고 짓밟힌 많은 사람들이 있지 않아요. 그들의 함성은 들리지 않고 그들의 존재는 차라리 세속적인 조명을 받지 않기 때문에 오히려 위대한 신의 암시를 나타내고 있는 것이라고 할까요.」

어딘지 날카로우면서도 방심에 빠진 그의 모순의 눈길이 이때에는 완전히 모순에서 벗어나 나의 눈길과 자연스럽게 만나고 있었다.

평소 그의 먼 방심의 눈은 남과 상대를 할 때조차 정작 자기 내면을 향하고 있는 것이어서 상대에게 곤혹을 줄 것 같은데 오히려 그것은 자유롭게 하는 모순이 있다. 그러나 그 모순은 자기 내면을 응시함으로써 항상 대상을 자기 가상假想에서 해방시키고 있었다.

그러므로 나의 지식에 대한 위축, 나 자신의 불구를 비롯해서 암울에 잠긴 삶의 현실적인 조건이 그로서는 전혀 실재감이 없는 현실이어서 나 스스로도 그의 무의식 속에 동화되어 어느덧 자유로와지는 것인지 모른다. 그러나 그의 인간관계에 있어서의 이 비현실성이 내게는 현실적으로 무한한 거리라는 것도 나는 잘 알고 있다. 그러면서도 어느 순간 느닷없이 그 비현실 속에 참가할 수 있는 이것이 나의 현실로서는 바랄 수 없는 완전한 구원이 아닐 수 없었다.

그는 식사 중에 술을 마시겠느냐고 하더니 나에게는 포도주를 따르고 자신에게는 샤르뜨르스를 따랐다. 그리고 그는 빙그레 웃으며 나에게 잔을 내밀었다. 그의 칵테일 잔에 나의 목이 긴 수정 포도주잔이 부딪치는 순간 내 영혼의 한 조각이 투명한 소리를 내면서 부서져 떨어졌다.

그날 밤, 이 웅장한 저택 어디선가 10시를 알리는 단조로우면서도 깊은 여운이 흐르는 레퀴엠(진혼미사곡)의 시계 소리를 듣고서야 나는 자리에서 일어섰다.

희미한 외등이 멀리 비치는 어두운 그림자로 뭉친 정원 숲 속에 서늘한 가을바람을 타고 귀뚜라미 소리가 마치 태초의 소리처럼 투명하다. 나는 그의 뒤에서 밤하늘을 우러러보았다. 안개같이 흰 은하수가 한 자락 박사薄紗처럼 휘던져진 어두운 창공에 뿌려진 무수한 별들, 세상은 역시 아름답다고 나는 생각했다. 그런데 내 앞에 산뜻하게 흰 와이셔츠를 입고 주머니에 손을 찌른 채 고무신을 끌고 긴 정원 사잇길을 걸어가는 그의 뒷모습은 어둠 속에서 더 유난히 수척해 보여 약간 절뚝거리며 뒤를 따르는 나 자신보다 오히려 더 외로운 느낌이었다. 그는 차고 옆의 불빛이 비치는 문을 두드려 일하는 영감님을 불러냈다. 그는 큰 철책문 안까지 나를 배웅해 주고 영감님만 따라 나와 큰길에서 택시를 잡아 주었다.

나는 그 후부터 적어도 한 달에 두세 번은 그의 집에 가서 그 식당에서 혹은 서재에서 그와 함께 일을 했다. 어떤 땐 저녁을 먹고 어떤 땐 해가 지기 전에 그 저택을 나섰다. 가끔가다가 그는 그날 저녁처럼 이야기가 지기 전에 그 저택을 나섰다. 가끔가다가 그는 그날 저녁처럼 이야기를 했다. 자기 이야기에 열중하면 그는 두꺼운 장정의 묵직한 책들을 뽑아 가지고 와서는 불어, 독일어, 라틴어까지 인용구를 찾아내는 읽어 주고 번역해 주기까지 했다.

그는 이야기를 하는 도중에도 일어서서 가끔 뒷짐을 지고 왔다 갔다 거닐었다. 이러다가 한 번은 옷걸이에 걸린 등산모를 무심히 벗겨 들고 의자에 돌아와 앉아 그것을 만지작거리며 이야기를 했다. 그러다가 문득 그는 그 모자를 눈 밑까지 깊숙이 내리썼다. 그는 한 다리를 무릎 위에 꺾어 포개고는 마치 갑자기 굳어 버린 석상처럼 꼼짝 않고 앉아 있었다.

구레나룻 자국이 파란 약간 긴 턱을 치켜든 그의 창백한 얼굴, 긴 인중 밑에 조용히 담긴 엷은 입술 위에 날카롭게 솟은 긴 콧날, 헐렁한 바지자락을 한 다리 꺾고 한 다리 드리운 채 높은 서가를 배경으로 앉아 있는 그의 형상은 권태를 주제로 한 모노드라마의 주인공 같지만 또한 이것은 어떤 강력한 내면적인 관능조차 느끼게 하는 모습이다.

나는 숨조차 죽이고 두려운 듯이 그를 보고 있었다. 거의 10분은 됐을까, 그는 갑자기 모자를 천천히 내리고 실눈을 뜨고 싱긋이 웃으면서 나는 내려다보았다. 그때 어디서 그 귀 익은 진혼곡이 천천히 10시를 울렸다.

그러던 몇 달 후 크리스마스를 앞두고 우리는 더 일에 쫓겼다. 그는 누가 불어를 아는 사람이 있으면 자기를 도와줬으면 좋겠다고 했다. 나는 C대학 동창인 불문과 출신인 정미를 그에게 소개했다. 선배인 그녀는 대학원을 진학해서 모교에 남아 강의를 하고 있으면서 창작으로도 일가를 이룰 만큼 재지와 투지를 겸비하고 있었다. 나와는 환경이나 성품이 매우 이질적인데도 그런 점에서 오히려 더 피차가 인력을 느꼈는지 모른다.

그녀는 평소 나의, 상처처럼 예민한 감수성에도 불구하고 어둡고 혼돈된 의식의 말더듬에 대해 민감하게 포착하고 영감을 얻는다고 했다.

오랫동안 나 자신의 생활에 열중했던 탓으로 그녀와의 접

촉조차 드물었던 나는, 어느 날 그녀를 찾아가 세민에 대한 소개를 하고 그의 부탁을 이야기했더니 그녀는 쾌히 승낙했다. 그녀는 정성을 기울여 번역한 원고를 약속한 날 어김없이 가져왔다. 이때 그녀는 나와 함께 국장실에 들어갔다. 그리고 처음 사무적으로 시작한 이야기가 자연히 문학이니 종교니 하는 데로 흘러가면, 예의 정미의 예리하고도 적절한 표현에 세민의 그 먼 눈길이 가까이 와있는 듯했다. 그러다가 어느새 그 자신, 어떤 감동적이고 절실한 이야기일지라도 손짓 하나 음성 하나 높이는 일 없이 담담한 음성으로 끝없이 지껄였다.

나는 두 사람의 대화에 거의 참여하지 않았다. 가끔 세민의 직관적인 표현에 그녀의 이해가 빗나가 있을 때조차 나의 의식은 내면에서 꿈틀거릴 뿐, 단 둘이 있을 때 맛보던 그 자유로움이 없어져 말이 되어 나오지 않았다.

나는 어느덧 정미가 사무실에 나타날 때마다 어쩐지 담담한 심정이 되지 않았다. 날이 갈수록 정미의 출입이 잦아졌고 시간관념이 철저한 그녀가 어떤 때 외출한 그를 만나기 위해 평소 그녀 답지 않게 늘어지게 앉아 기다리기조차 했다.

그러던 어느 날 밤, 나는 정미와 같이 안개 낀 푸근한 초겨울 밤을 거닐었다. 나와 보조를 맞추는 그녀를 따라가며 나는 문득 이렇게 물었다.

「언니, 여자에게도 우정이란 게 있나?」

나의 이 느닷없는 진부한 질문에 그녀는 한참 만에,

「글쎄 있을 수도 있겠지.」

한다. 나는 순간 그녀가 벌써 나의 말의 의도가 무엇이라는 것을 알고 있다고 느꼈다.

「난 여자들 사이엔 진정한 우정이란 없다고 생각해. 아니, 이것은 여자나 남자나 마찬가지겠지. 인간이 자기 재산이나 몸을 희생할 수는 있어도 자기의 감정을 포기할 수는 없지 않을까.」

「그렇겠지. 결국 인간이란 감정적인 면에선 자기중심에서 어느 모퉁이를 돌아가도 자기의 이기의 올가미에 걸려 있다는 걸 발견하게 되겠지.」

「결국 어떤 감정 앞에서는 인간의 지성이나 의지란 것은 하잘것없는 방패가 되겠지.」

「그렇지. 숙명적인 감정 같은 것, 말하자면 어떤 숙명적인 정염에 빠졌을 때 그 소용돌이에 말려들지 않는 자아나 의지가 어디에 있을까. 이때는 이미 이기라기보다 그 의지도 자아도 철저히 감정의 노예가 되어 있겠지.」

나는 그녀의 이 말에 놀라움보다는 쩌릿한 아픔을 느꼈다. 그녀는 우리 사이의 감정의 복선을 솔직이 인정하고 드는 이야기가 아닐까. 그런데도 그녀의 거침없는 어조로 봐서 우리 사이의 감정적인 불협화 같은 것은 전혀 지피지 않는 담백한 어조였다.

그 후부터 나는 세민의 공동작업은 점점 줄어들었다. 가끔 원고를 돌려주는 일이 있어도 이젠 나로서는 문장은 고사하고 철자법조차 거의 손댈 것이 없었다. 그러던 어느 날, 나는 정미의 집을 찾았다. 나에게 평소 다정한 그녀의 어머니가 정미가 저녁 먹고 볼일 보러 나갔다고 하면서 기다리라고 했다. 그녀는 좀처럼 늦게 귀가하는 일이 없기 때문에 나는 그녀에 방에 들어가 피곤한 몸을 소파에 기대고 착잡한 생각에 사로잡혔다.

여자의 우정. 하지만 나는 정말 나 자신이나 정미에 대해선 정직하고 싶었다. 어떻게 하면 그 정직을 유지하고 또 어떻게 하면 피차의 감정을 인정할 수 있을까. 나로서도 알 수 없는 일이다. 탁상시계가 9시가 넘었는데도 그녀는 돌아오지 않았다. 그러고 보니 나는 처음부터 어떤 예감이 있었던 것 같다. 나는 초조해졌다. 20분을 더 지나 나는 거리에 나왔다. 어느새 나는 윤세민의 집으로 가는 후미진 언덕길을 행여 누가 볼까 봐 절뚝거리며 서둘러 걷고 있었다. 멀리 그 집의 큰 철책문 돌기둥에 달린 외등이 겨울 대기 속에 희부옇게 얼어붙어 있고 길엔 인적이 멀었다. 나는 맞은편 담배가게 옆 좁은 어두운 골목으로 숨었다. 나의 등골엔 차가운 땀이 척척히 내린다. 어둠 속에서 비집고 본 손목시계가 10시다. 즐비한 돌담 철책 대문 안 정원 깊숙이 묻힌 어느 건물, 어느 거실에 놓인 그 시계에서 레퀴엠이 울려 나오겠지.

나는 그러면서 나 자신에 대한 고소와 경멸을 지그시 씹었다. 더구나 정미에게 한 말, 여자의 우정이 어떻고…… 도대체 세민이 내게 무엇이며 또 그녀에겐 무엇이 될 수 있단 말인가? 내가 그녀만큼 자신이 있다면, 그녀처럼 병신이 아니라면, 이런 식으로 지금 여기 와서 비굴하게 서있지는 않을 것인가? 그를 사랑하든 않든 이런 식으로는 안 했을 것인가?

그때 갑자기 철책문 안에 인기척이 있었다. 그러자 작은 쪽문이 안으로 열리며 정원지기 영감님의 대머리가 불쑥 나왔다. 이어서 정미가 뒤따라 나왔다. 그녀는 두툼한 외투 위에 책을 한 아름 안고 아이 밴 여자처럼 둔하게 걸어 나왔다. 영감님과 그녀는 앞뒤가 조금 떨어져 행길 쪽으로 내려갔다. 나는 천천히 골목 밖을 나와 정미와 반대 방향으로 둔덕 길을 올라갔다. 얼마 안 있어 영감님이 정미를 택시로 보내고 돌아올 것이다. 한참 오르다가 나는 이윽고 또 하나의 철책문 앞에 섰다. 그 안에 높은 첨탑이 캄캄한 겨울 하늘에 거꾸로 꽂혀 있다. 나는 다시 긴 벽돌 담장을 돌아 성당 뒤뜰 채소밭이 있는 철조망에 이르렀다. 마른풀 위에 군데군데 움푹 팬 땅에 흰 눈덩이가 괴어 있다. 나는 땅 위에 몸을 반듯이 누이고 철조망을 얼굴 위로 버퉁겨 몸을 안으로 디밀었다. 아랫도리를 끌어들이려는 순간 엷은 양말이 철조망에 걸리면서 정강이를 훑는다. 역시 왼다리. 나는 몸을 일으켜 앉으며 어둠 속에서 기형적으로 가는 다리를 쓸었다. 찢긴 양말과 끈끈한 것이 손에 묻는다. 나는 그대로 사철나무가 양옆으로 늘어선 어두운 사잇길을 나아가 돌 층대를 올랐다. 드디어 눈앞이 확 트이면서 희부옇게 솟아오르는 넓은 광장 끝에 투명한 검은 허공을 파고든 시커먼 상자처럼 뚫린 크나큰 동굴. 나는 그 웅장한 동굴 앞에 늘어선 낮은 철책을 잡고 꿇어앉았다. 그리고 점점 더 눈을 크게 뜨고 캄캄한 동굴 안을 이슥고 들여다보았다. 태초와 같이 깊고 캄캄한 동굴 속, 아득히 높은 곳에 홀로 희미하게 굳어져 있는 여인, 저것이 성모다. 나는 왕모래가 깔린 흰 땅에 꿇어앉은 채 머리를 깊이 조아려 이마를 땅에 붙였다. 나는 그 순간 「베르나노스」의 소설의 주인공인 오뇌 덩어리인 젊은 시골 본당 신부를 떠올렸다. 그가 어느 날 밤, 그의 침대 밑에 내려가 지금의 나처럼 땅바닥에 엎드리는 순간, 그의 입술이 땅에 닿기도 전에 자신의 이 극적인 몸짓이 한갓 거짓이라고 느낀다.

나는 지금 단지 춥다. 그리하여 차가운 땅에 얼굴을 붙이는 순간 피곤이 비로소 한꺼번에 밀려와 고달픈 육신을 평안히 땅 위에 뻗고 싶었지만 정작 몸은 고슴도치처럼 오그라들어 펴지질 않는다. 내가 무어라고 한들 그것은 나의 지금의 이 심경에 대해선 일체가 거짓말이다. 그것이 완전한 괴로움이요 슬픔이라고 한들 그것은 실상 또 아무렇지도 않은 것과도 통한다. 이 어두운 영원한 무의식의 동혈처럼 밑 없는 심연으로 꿰뚫린 이 심장에 인간의 어떤 괴로움이나 슬픔이 빠져 들어간들 그것은 허망한 어둠만이 남을 뿐이다.

〈사람은 결코 혼자서 기도를 드리지 못한다.〉고 그 젊은 시골 신부가 말했다. 이 막막한 어두움 속에서 이 순간 나는 혼자서는 결코 울 수가 없음을 느꼈을 뿐이다.

그해 겨울도 다 갈 무렵 세민은 로마로 떠나갔다. 작년에 그는 바티칸의 라테란 대학에서 수사신부(일반 세속 신부는 정결과 순명을 서약하지만 수사신부는 사유재산을 갖지 않는 청빈까지 서약한다)로 신품神品을 받았다.

집념은 이제 세월과 더불어 자연히 소멸되었다. 또 그것은 이젠 완전히 아무와도 상관없는 혼자만의 순수한 아픔이 되어 그 두꺼운 껍질을 허물고 형체도 없이 허물어져 내렸다.

그런데 오늘 밤 한갓 우연 앞에서 다시금 무너져 내리던 것은 무엇인가? 아니, 오늘 밤만이 우연일까. 그것은 처음부터 우연이 아닌가. 결국 사랑한다는 것은 그 원인이 상대방에 있던 것이 아니라 내게 있었던 이 자아의 늪 속에서 사랑에 의한 우연한 아픔이 어찌 순수해질 수 있을까.

우리는 사랑하는 순간에 당장 죽어 버린다면 이 끈질긴 자아의 늪으로부터 벗어날 수가 있을까. 보들레르는 〈사랑하면서 죽자.〉고 노래했지만 같이 죽은들 나와는 딴 죽음이며 그와는 따로 죽어야 한다. 둘 중 하나가 그 죽음에서 실패했다면 그는 아마 다시 또 죽음을 택하려 들지 않을지 모른다.

이처럼 사랑에 의한 죽음은 한갓 가상적인 자기 소멸에 지나지 않았던 것이다. 우리의 자아를 멸각시킬 수 있는 사랑은 없는 것이다. 아니 우리가 우리의 고독한 자아를 잊기 위해 스스로 찾아 헤매는 사랑은 결코 멸각에 이르지 못하는 것이다. 그것이야말로 항상 부질없는 형상으로 무너지기만 할 뿐 영원히 소멸되지 않는 자아가 아닌가.

윤세민이 떠나기 이틀 전날 밤에 나에게 하던 말이 생각난다.

「미스 곽, 나는 미스 곽을 사랑한 것도 같고 또 사랑하지 않았던 것도 같소. 우리는 신 앞에서는 정직할 수밖에 없소. 신 앞에 정직해진다는 것은 신 앞에서는 내가 무가 되는 것일 거요. 즉, 신 앞에서는 자아가 소멸될 수밖에 없는 것이오. 이 순간 미스 곽 앞에서 적어도 내가 정직할 수 있는 것은 차라리 사랑보다 더한 피차의 구원이 되지 싶소. 아니, 그 정직이 곧 사랑이고 구원이오. 나에게는 신앙도 마찬가지요. 나는 신앙을 한 번도 내적으로 체험해 본 적이 없소. 나의 신앙은 항상 어둠 속에 있고 때로는 사막처럼 삭막하오. 하지만 나는 이 어둠 속을 헤어나는 해맑은 명명백백한 햇빛 속에 있고 싶지 않소. 아니, 되도록 그 빛을 피하고 싶소. 그 명명백백한 현실은 더한 눈먼 세계요. 어둠 속에서는 그 이기의 세계에서 환하던 눈을 잃고 커다랗게 눈뜨고 있을 것이오. 결국 현세에서의 신은 어둠이요, 침묵이요, 벽이오. 미스 곽과 그동안 행복한 시간을 보냈소. 그 행복을 좀 더 현실화할 수 없는 것이 나의 한계요. 나는 현세적인 사랑이라든가 행복에 자신이 없소. 그것이 내 앞에서 눈을 뜨면 나는 두려운 생각이 드오. 그렇다고 내가 신을 지향하기 때문에 그렇다고도 할 수 없소. 만약 인간이 신이 되고자 함으로써 인간임을 포기할 때 그는 인간으로서도 가장 불완전한 인간이 되어 있을 것이오. 가장 높이 오르려 할 때 우리는 제일 밑에 떨이져 있소. 하지만 인간이 인간으로서 정직해야 하지만 인간으로서만 머물고자 할 때 더 이상 인간은 있을 수 없소. 어느 쪽으로 가든 인간은 모순이오. 결국 인간은 자기를 사랑하기 때문에 자신을 사랑할 수가 없고 남을 사랑해야만 되는 나르시시스트요. 그것도 의식하지 않은 나르시시스트야만이 진정한 나르시시스트요. 이 모순 때문에 인간에겐 고통이 있고 뼈저리게 살아야 할 삶이 있을 것이오. 그러한 삶과 고통만이 그 모순을 넘어서게 하고 그 모순을 일치시킬 수가 있을 것이오. 그렇다고 우리는 그 모순을 넘어서기 위해서 삶이나 고통을 선택하는 것이 아니오. 삶 자체 고통 자체가 필연인 것처럼 거기에는 아무런 여지도 유예도 없소. 현세에서는 삶 자체가 목적이오. 이 삶 속에서 고통도 희열도 찾아야 하오. 그런 의미에서 내세를 바라는 삶은 불순하오. 나는 아직도 하느님께 진정한 기도를 해본 적이 없는 것 같소. 누가 기도는 죽음과 흡사한 것이라고 했소. 하지만 나는 이 순간 미스 곽한테 기도하고 싶은 심정이오. 그것은 무엇을 바라는 기도인지는 모르겠소. 행복인지, 죽음인지, 순간인지, 영원인지……」

이제 언 겨울의 시린 창공에 떨고 있는 무수한 별들을 우러러보고 있는 늪. 문득 별 하나가 흘러내린다. 억겁에서 와서 순간으로 떨어져 내리는 별. 흐를 길 없는 늪은 무슨 의미가 있을까.

늪은 홀로 목이 꽉 잠긴 채 캄캄한 심연 가득히 눈을 커다랗게 뜨고 살아 있어야 하는 것, 이것은 억겁에 가도 〈어둠의 빛〉이 오지 않을 나르시시즘의 벌인가, 속죄인가.

(현대문학, 1986. 10)

비(雨)

해가 멀찌막이 진 모양이다.

거리는 짙은 잿빛이었다. 카페 루우즈 앞의 캄캄한 긴 유리창 앞을 지날 때는 무거운 빗방울이 툭툭 이마에 부딪쳤다. 저 유리창 안에 혹시 그가 앉아 있을지 모른다. 그녀는 무심히 우산을 폈다. 저 안에 그가 앉아 있을지 모른다고 그녀는 뜨겁게 느끼면서 길모퉁이를 돌았다. 그녀는 초조한 나머지 자신도 모르게 우산을 꺼버렸다.

그새 빗방울이 후둑후둑 빨라졌다. 다시 잿빛 공간을 검은 우산 밑에 가두면서 이런 날씨엔 꼭 좋다고 그녀는 생각한다. 고와 같이 있는 것이.

뭣 때문에 그는 저 우중충한 카페 루우즈의 그 사진 밑에 앉아 권태를 담배 연기로 파랗게 풀어내고 있을까. 그녀는 멈추어 섰다. 돌아서 가볼까. 그녀는 뒤돌아섰다.

가라오케 아크릴 간판이 번쩍번쩍 파렴치한 낯짝을 빛내면서 모퉁이를 가로막고 있다. 박쥐 우산을 받친 회색 바지 끝에 달린 붉은 구두가 모퉁이에서 불쑥 나온다. 그녀는 가라오케 간판을 향해 두어 걸음 걸었다.

그는 어두 컴컴한 벽을 등지고 앉아 담배를 깊이 빨아들여 루비 같은 불잉걸을 명멸하고 있을 것이다. 어쩌면 그녀가 나타나기를 기다리면서, 오늘은 그의 시야 안에 멋진 폼으로 앉아서 약간은 노골적으로 시위를 하리라. 아니 아니, 언겨울, 들판에서 죽은 참새 나래처럼 조용히 무심한 듯 앉아 있으리라. 아니다. 이것은 너무도 그의 상태에 맞지가 않다. 그는 그녀의 섬세한 이중의 가면을 뻔한 수작으로 금방 알 것이고, 그다음에는 가을날 우연히 길에 스치는 거리의 가랑잎처럼 그의 가면을 넘어서 걸어가 버릴 것이다. 그녀는 속으로 쿡쿡 웃음이 나왔다.

문득 상기된 그녀의 얼굴 앞에 청년의 얼굴이 불쑥 나타났다. "괜히 혼자 하지 말라구." 그녀는 발을 멈추었다.

오늘 아침 전철을 탔을 때다. 고등학교를 갓 나온 듯싶은 새파란 청년이 자리의 맨 끝 쪽에 팔을 쇠 난간에 걸치고 앉아 있다. 그녀는 순간 기분이 상했다. "버릇없는 녀석!" 그녀는 구두 끝으로 청년의 발끝을 슬쩍 밀었다. 청년은 창백한 얼굴을 약간 찡그리더니 꿈쩍 않고 그대로 앉아 있다가 숫제 눈을 감고 자는 척하고 있었다.

그녀는 청년의 발을 뾰족한 구두 끝으로 꽉 밟아주고 싶은 충동을 꾸역꾸역 누르고 있었다. 말로 점잖게 "발 좀 치우세요." 왜 못한단 말인가. 도저히 말이 안 나오는 걸 그녀는 말을 못 하면서 청년을 증오하고 있는 자기 자신이 미웠다. 차가 두 번째 정거했을 때 청년이 부스스 일어났다. 그녀는 빈자리에 앉으면서 청년의 뒤통수를 향해 속으로 눈을 흘겼다. "속 빈 녀석." 아, 그런데 청년은 한쪽 다리를 약간 디뚝 하더니 한쪽 다리를 뻗친 채 앞으로 내딛고 있었다.

그래, 전혀 허공에다가 그녀는 혼자 그림을 그리고 있는 것인지 모른다. 이 세상의 모든 삶이 다 헛된 욕구, 헛된 망상이라 할지라도 사랑은 그것을 가장 확실한 실제로 만들어야 하는 것이다. 그런데 그 사랑조차 자신이 만든 망상에 의한 자위自慰라면 그것이 바로 구토다. 아니 거의 모든 사랑이 함께 죽을 것같이 사랑하다가 미워하고 싫어할 때, 그것은 사랑이 망상을 배반한데 대한 증오 탓이 아닐까.

그녀는 이제 확실한 걸음으로 버스 정류장 쪽으로 향해 걸었다.

물이 뚝뚝 떨어지는 버스가 뿌옇게 물보라 지는 아스팔트에 질펀히 들어섰다. 사람들이 벌렁벌렁 우산을 펴면서 버스에서 낙하했다. 그녀는 차가운 빗속을 서둘지 않고 건너서 버스에 오르려는 순간 선뜩 옆을 보았다. 그가 그녀의 옆에서 비를 맞으며 우산을 끄고 있다. 그의 젖은 우산 자락이 젖은 새의 깃처럼 그녀를 슬쩍 스치고 지나갔다.

카페 루우즈의 벽에 이국 소녀 셋이 나란히 서 있는 50호짜리 사진이 걸려있다. 마담은 그 소녀들을 프란츠 카프카의 딸들이라고 말했다. 그녀는 거짓말이라고 생각했다. 그토록 우울한 카프카에게 딸이 셋씩이나 있다니 도저히 믿기지 않는다.

마담은 4년 전에 요절을 한 소설가 B 씨와 동거했던 여인이란 소문이 있다. 화가이기도 했던 소설가 B 씨는 인상파 그림 같은 퍽 아름다운 소설을 몇 편 남겼다. 이런 사실과 연관시키면 그 사진의 소녀들이 카프카의 딸인지도 모른다고 생각했다.

언젠가 그는 카프카의 딸들의 사진 밑에 앉아서 식은 커피를 앞에 놓고 멍하니 앉아 있었다. 그는 자기 머리 위의 소녀들이 카프카의 딸들이라는 것을 알고 있는지 모르겠다. 그녀는 그가 시인이라는 선입견 때문인지 카프카가 거기 앉아 있다는 느낌이 들었다. 불쌍한 딸들을 남기고 죽은 카프카.

누군가 카프카에게 "시인은 누구인가?"라고 묻자 카프카가 대답했다고 한다. "시인은 거인이 아니다. 시인은 자기 실존의 새장 속에 든 작은 어여쁜 새일뿐이다."라고. "그럼 당신은 누구냐?"라고 다시 묻자. "나는 검은 새, 까마귀, 도둑이다."라고 대답했다.

그녀는 그에게 카프카의 이야기를 들려주고 싶다고 생각했다. 그는 카프카의 이 이야기를 이미 알고 있을지도 모른다.

그에게 사실 카프카의 이야기는 하나도 새로운 것이 아닌지도 모른다고 그녀는 또 생각했다. 어쩔 것인가. 그는 카프카와 비슷하게 될 수밖에 없지 않은가. 그러나 그가 시인이기 때문에 카프카의 흉내를 낸 것처럼 된 것뿐이다.

그녀가 O.K 교정지를 가지고 편집 부장실 앞에 섰을 때, 문이 안에서 벌컥 열렸다. 그는 그녀에게 일별도 없이 돌기둥 옆을 지나가듯 지나가 버렸다. 그녀는 읽거리를 내밀면서 국장에게 물었다. "이제 방금 나간 사람 누구지요?" "그 사람 몰라? 시인 김세영 씨. 그 왜 3년 전 C신문 필화 사건으로 남산에서 물을 먹고 있는데 마누라하고 딸 하고 연탄가스로 죽은 사람 말이야. S제약회사의 홍보실장으로 왔다면서 들렀어. 이 동네잖아. 며칠이나 붙어 있을지."

며칠 후 그녀가 카페 루우즈에 들어서자 그의 옆에 앉아 있던 소설가 K 씨가 방금 일어서서 나오고 있었다. "어. 미스 김. 오랜만이야. 먼저 실례해요." 그녀는 기다리던 욱과 마주 앉았다. 그녀는 욱이를 상대로 웃고 지껄이면서 맞은쪽 사진 밑에 의식이 쏠려 있었다. 문득 그녀는 시선을 그쪽으로 돌렸다. 그가 그녀를 쳐다보고 있었다. 그는 그녀의 시선을 피하지도 않고 그녀를 먼산 보듯 뻔히 바라보고 있었다.

아, 그래. 굶는 광대. 카프카의 〈굶는 광대〉는 굶는 것이 그의 장기다. 광대는 서커스의 다른 동물과 같이 자신의 우리 속에 갇혀 언제까지 굶을 수 있는가를 사람들에게 구경시켜 주는 것이 그의 재주다. 어디까지나 광대는 흉내이고 그의 현실은 숙명인데도 왜 그는 광대같이 보일까. 물론 그도 이 광대 이야기를 알고 있겠지. 그가 알건 모르건 굶는 광대 이야기를 해줘야겠다고 그녀는 생각했다.

버스가 서문西門을 지난다. 그녀는 입구 쪽으로 밀고 나가며 차장에게 말했다. "서촌에서 내려요." 잠시 후에 "나도 내립니다." 그녀의 앞쪽에서 바리톤이 말했다. 그가 말한 최초의 말이다. "아. 그가 같은 정류장에서 내린다. 그는 나를 따라온 것이 아닐까. 설마 그럴 수가." 그녀의 의식의 진공 속으로 쿵. 쿵. 쿵. 빠른 속도로 이명耳鳴이 연속적으로 흘렀다.

"다음은 묘골입니다." "어머, 지나왔잖아. 왜 내가 서촌에서 내린다고 했는데…." "서촌에 섰을 때는 뭐했어요." 차장이 퉁명스럽게 내뱉었다. 팽팽한 의식의 진공이 그녀의 내면에서 탁 터졌다. 그녀는 우글우글 숨들이 몰려 있는 등 뒤로 밀리며 주춤주춤 빗속에 내려섰다.

차갑다. 우산을 필 기력도 없다. 순간 컴컴한 날개가 그녀를 덮었다. 그녀는 노여움에 차서 그에게 시선을 돌리지 않았다. 나란히 서서 둘은 빗속으로 걸어갔다.

(일양약품 동·문·글·밭, 1988)

동화

미루나무와 버스

호숫가에 미루나무 한 그루가 서 있습니다.

미루나무는 눈만 뜨면 온종일 멀리 마을로 오는 버스를 기다립니다.

버스는 지금 마을 앞 정거장에 아가씨 하나를 내려놓고 할아버지 한 분을 태우고 오던 길을 돌아서 갑니다. 버스는 이제 한 시간 후에 올 것입니다.

매일 아침 첫 버스에는 네 사람이 탑니다. 여자 하나 남자 셋입니다. 어떤 때는 여자 하나 남자 둘이 탑니다. 여자는 첫 버스를 타고 매일 시내로 나갑니다.

한낮이 훨씬 지나 서쪽 산마루가 눈부시게 빛납니다. 진종일 울던 매미 소리도 뚝 끊어지고 잠시 조용해졌습니다.

빨간 원피스를 입은 아이가 버스 정거장에 나타났습니다. 아이는 정거장 시멘트 의자 위에 올라앉았습니다. 잠시 후

아이는 의자에서 내려섰습니다. 아이는 반들반들한 시멘트 바닥에다 소꿉을 차려 놓습니다.

빨간 플라스틱 밥그릇 세 개 분홍 숟가락 세 개를 나란히 놓습니다. 파란 풍로 위엔 노란 냄비를 얹어놓습니다. 그리고 길가 풀잎을 뜯어 냄비에 넣고 밥을 짓습니다.

정거장 쪽으로 군인 아저씨가 가까이 옵니다. 아이는 얼른 소꿉을 걷어서 상자에 담아 들고 저만큼 비켜섭니다. 아이는 돌아서서 길 바깥으로 펼쳐진 푸른 들판을 바라봅니다. 아이는 논둑으로 내려가 하얀 풀꽃을 따서 모읍니다.

바람이 불어 들판에 푸른 물결이 일다가 곧 잠잠해집니다.

저만큼 버스가 옵니다. 아이는 일어서서 정거장 쪽으로 뛰어옵니다. 버스가 가까이 다가와 멈추었습니다. 문이 열리고 사람들이 내립니다. 한 사람 두 사람 세 사람 엄마는 없습니다.

버스가 한 바퀴 휘돌아 꽁무니에서 푸른 연기를 퐁퐁 뿜더니 먼지를 하얗게 일으키고 휙 떠나가 버립니다.

아이는 혼자 남아 시멘트 의자 앞에 멍하니 서 있습니다. 아이는 돌아서 돌멩이를 주워 길에다 줄을 긋습니다. 상자를 시멘트 의자 위에 올려놓습니다. 그리고 팔짝팔짝 뛰면서 줄넘기를 합니다. 다시 상자를 집어 들고 길가 아래로 내려가 푸른 들판 속으로 묻혀버립니다.

저기 산모퉁이가 시작되는 길 끝에 버스가 나타났습니다.

푸른 들판 속에서 빨간 꽃송이 하나가 솟구치더니 이쪽으로 달려옵니다. 버스가 정거장에 천천히 멈추어 섰습니다. 문이 열리고 낯익은 아저씨가 맨 먼저 나타났습니다. 아저씨 등 뒤에 엄마가 웃는 얼굴로 이쪽을 바라봅니다. 아이는 내려선 엄마 치마폭에 묻힙니다. 아이는 아무리 기다리고 기다렸어도 버스가 오고 엄마만 나타나면 이 세상이 온통 기쁨으로 가득 찹니다.

엄마의 손에는 오늘 커다란 인형이 들려 있습니다. 코끝이 까맣게 된 배추머리의 아주 예쁜 인형입니다. 엄마는 아이를 등에 업었습니다.

"영희야 엄마 많이 기다렸어?"

"응, 버스가 하나 가고 두 개 왔어. 그리고 엄마가 왔어."

"아이구 한 시간도 넘어 기다렸구나. 내일부터는 윗방 할머니한테 물어보고 막차에 나오너라. 응 착하지."

엄마는 아이를 둥가 둥가 해줍니다.

아이 엉덩이 밑에 엄마가 든 비닐 가방이 흔들흔들하면서 따라갑니다.

미루나무는 호수를 내려다보았습니다. 머리 위 까마득하게 높이 떠 있던 흰 구름이 미루나무와 만나서 손을 잡고 있습니다.

별

'책 집 할머니'로부터 시골에서 학교로 편지가 왔다. 책이 많아서 '책 집 할머니'라고 불렸던 그 할머니가 시골로 이사를 가기 전에 그 많은 책들 중에 어린이와 소년에 관한 책 5백5십 권을 경식이네 학교 도서관에 기증을 하고 가셨다. 경식이네 옆집에 살 때는 경식이에게 언제라도 보고 싶으면 빌려가서 읽고 갖다 놓으라고 하시던 책들이다. 경식이는 그렇잖아도 할머니께 편지를 쓰려던 참인데 선생님의 말씀도 있고 해서 독서반에 있는 민영이, 재호와 함께 할머니께 감사의 편지를 했더니 다음과 같은 긴 편지가 온 것이다.

경식군, 민영양, 재호군,

편지 정말 반가웠습니다. 여러분이 그 책을 재미있게 읽는

다니 정말 고맙군요. 방학 동안에 숙제 때문에 시달리고 피아노다, 영어 공부다, 태권도다, 컴퓨터다 해서 놀 사이가 없다니, 정말 딱하군요. 그래도 틈틈이 책을 읽고 또 이렇게 편지까지 주시니 거듭 고맙습니다.

생각해 보니 할머니도 여러분과 같은 소녀 시절이 있었고 그때도 여러 가지로 어려움이 많았습니다. 그 시절은 정말 참담할 지경으로 괴로운 세월이었습니다. 그것은 나에게뿐만 아니라, 우리 민족 모두에게 다시는 있어서는 안 될 그러한 세월입니다. 그런데도 그 고난은 결코 헛된 것이 아니라는 것을 할머니는 살아가면서 두고두고 깨닫게 된답니다. 어떤 불행 속에서도 우리가 사랑하면서 살 때 그것은 결국 우리에게 아름다운 것으로 돌아온다고나 할까요? 그런 뜻에서 남보다 유난히 많은 고통을 겪은 우리 민족은 어느 민족보다 슬기롭고 아름다운 민족이 될 수 있어야 할 것입니다.

여러분, 이제는 먹을 것, 입을 것, 많은 책들, 갖은 풍부함 속에서도 역시 괴로움이 있는 여러분에게 옛날 가난했던 나의 어린 시절의 이야기를 해 드리고 싶은 것은, 여러분들이 그때보다는 호강스러우니 불평하지 말라는 이야기가 결코 아닙니다. 언제 어디서나 사람에게는 고통이 있게 마련이지만 똑같은 고통이 우리에게 아름답고 좋은 것이 될 수도 있고 나쁜 것이 될 수도 있다는 이야기입니다.

중리동이란 마을은 시내에서 한 십리쯤 떨어진 마을이었습니다. 신작로엔 가끔 우차가 덜덜거리며 지나다녔는데 그 널찍한 신작로로 가지 않고 사잇길로 가면 동네도 여럿 지나게 되고 고개도 넘고 호수도 있었습니다. 호수라고 해야 뚝을 한 바퀴를 다 둘러야 칠백 미터가 될지 말지 하는 조그마한 호수였습니다. 이 호수는 물결이 이는 것을 본 적이 없었고 고기 잡는 사람을 본 적도 없어서 마치 죽은 호수와 같았습니다. 호수의 뚝을 내려가면 넓은 들이 나옵니다. 이 들길을 한참 걸으면 다시 등성이를 오르게 되는데 그 등성이가 공동묘지였습니다. 울퉁불퉁 솟아 있는 묘지들이 그 등성이를 가득 메우고 있는데, 나는 나무 한 포기 없는 넓은 공동묘지의 이쪽 길만 다녔지, 그 공동묘지 너머를 가 본 적이 없으니 얼마나 더 많은 묘지가 그 너머에 널려 있는지 알 수가 없었습니다. 내가 가는 길은 공동묘지 사이로 난 오솔길이었는데 길 옆 묘지에는 할미꽃이 피어 있었습니다. 다른 들꽃이 피어 있을지도 모르겠지만 나는 그 오솔길 밖으로 나가 본 적이 없습니다. 가끔 가다가 그 묘지들 사이에 헝겊 조각들이 찢어져 흩어져 있기도 했습니다. 끔찍한 생각이 들었지만 그때는 그것이 무엇인지도 모르면서 그저 무서운 느낌이 들었습니다. 아마 지금 생각하니 개가 묘지를 파서 죽은 사람의 옷을 물어뜯어 놓은 것이었던 모양입니다.

공동묘지를 넘어 소나무가 듬성듬성 난 솔밭을 지나면 스물 남짓한 초가집이 버섯처럼 돋아난 마을이 나타났습니다. 마을 앞쪽으로 큰 회나무가 있고 그 회나무 밑에 우물이 있었습니다. 회나무 집은 회나무 그늘로 항상 우중충해 보였지만 아래 위채에다가 곳간까지 있는 집으로, 이 마을에서는 제일 부잣집이지만 인심이 별로 좋지 않다는 소문이었습니다.

이 마을 동쪽 청석 비탈 앞에 과수원이 있었습니다. 일제로부터 해방이 되던 3년 전에 우리 집도 이 과수원으로 이사를 왔습니다. 먼저 있던 다 쓰러져가는 초가삼간 앞에 새로 집을 짓고 왔습니다. 방 둘에, 부엌과 마루가 있는, 분합도 없이 댕그란 네 칸 기와집이었습니다. 그리고는 집 앞 둔덕 아래 멀찌막이 우물을 팠습니다. 물이 안 나와서 기술자가 와서 남포(다이너마이트)를 수도 없이 터뜨려서야 겨우 샘이 솟아났습니다.

동리 여자들은 가물면 회나무 집에서 물을 길어 가지 못하게 해서 등 너머 도구말까지 물을 길으러 가야 했는데, 이제는 우리 과수원에 와서 물을 길어 갔습니다. 이 우물은 깊어서 그런지 아무리 물을 퍼 쓰고 가물어도 물이 마르지 않았고, 겨울에는 김이 나도록 미지근하고 여름에는 얼음처럼 차가운 물이 고여 있었습니다.

봄이 되어 사과나무에 연분홍 꽃이 피고 이어서 사과가 고욤만 하게 될 때면 한 나무에 몇 개만 남겨 놓고 모두 가위로

베어 버렸습니다. 사과나무가 어려서 열매를 키우면 안 된다는 것이었습니다.

저녁이면 동네 처녀 대여섯이 우리 집 안방에 모여들었습니다. 희미한 남포등 아래 엎드려 열일곱 살 난 우리 언니에게 한글을 배웠습니다. 나는 과수원에서 한 십리쯤 떨어진, 지금은 직할시지만 그때는 대구 부(府)의 서쪽에 있는 국민학교 2학년에 들어갔습니다. 그 동네에서 학교에 다니는 아이는 작은 오빠와 나뿐이었습니다.

아침에는 오빠와 같이 가기 때문에 무섭지가 않았지만, 돌아올 때는 한낮인데도 사람이 없는 들판이 무서워서 견딜 수가 없었습니다. 들판에서 일하는, 하얀 옷 입은 농부를 멀리서 보기만 해도 그렇게 반가울 수가 없었습니다. 그래서 집으로 가는 길과는 어긋나는 쪽이더라도 농부가 있는 쪽으로 달려가서 그 둘레를 한참 어정거리곤 했습니다. 등 너머 도구말로 가는 길은 신작로 길이어서 때때로 소달구지가 지나다니고 지게를 진 장꾼들도 심심찮게 만나지만 우리 마을로 가는 오솔길은 낮 닭 울음소리도 들리지 않고 마을에서 듣는 뻐꾹새 소리도 없이 물속처럼 고요했습니다. 게다가 우리 집에 글을 배우러 오는 처녀들한테서 문둥이가 아이들의 간을 뽑아 먹는다는 이야기며 뱀 가시를 밟으면 살이 썩는다는 이야기를 들었기 때문에 더욱 무서웠습니다. 사실 혼자 들길을 가다가 물결처럼 흐르듯 기어가는 뱀을 몇 번이나 보았고 우리 집 과수원에서도 청석 틈에 뱀 구멍 사이로 연기처럼 몸을 스르르 감추어 버리는 뱀을 흔히 보았는데, 그때마다 나는 기절할 지경으로 놀라고 겁을 집어먹었습니다. 조막손에다가 얼굴이 썩은 메주 덩이 같이 된 진 문둥이도 몇 번이나 보았지만 다행히 혼자서 만난 적은 없었습니다.

그런데 나는 이렇게도 무섭고 힘든 학교에 다니는 일을 아버지한테나 어머니한테 한 번도 호소한 적이 없었습니다. 아버지는 원래 내가 세상에서 제일 무서워하는 어른이어서 그랬지만, 이 참담한 내막을 어머니한테조차 왜 호소하지 않았는지 지금도 모르겠습니다. 아마 그 시절 모든 것을 말없이 참고 견뎌 내야 한다는 수난자의 자세가 어린 나에게도 무의식적으로 배어 있었는지 모릅니다. 그러나 나는 이 무섭고 외로운 고행의 길을 1년 만에 면하게 되었습니다. 아버지가 학교에 그만 다니라고 한 것입니다.

나의 얼굴은 원래 흰 피부에 주근깨가 깨 쏟아 놓은 것처럼 끼어 있고 솔잎처럼 센 머리털이 고슴도치처럼 뻗쳐 있었습니다. 그래도 서울서 올 때는 구두를 신고 꽃무늬가 있는 원피스를 입고 얼굴이 새하얀 소녀였는데 어느덧 나는, 자동차 타이어 쪼가리를 오려 붙여 발등을 걸게 되어 있는 나무 신을 신고, 옷은 검정 물들인 거무죽죽한 광목옷에다가, 얼굴은 햇볕에 빨갛게 그을었으니 촌가시내 중에도 그렇게 볼품없는 가시내는 없었을 것입니다. 짚 북데기처럼 일어난 내 머리를 잠재우기 위해 아버지는 어머니한테 까만 공단 헝겊으로 이상한 머리띠를 만들게 해서 나에게 씌웠습니다.

나는 이른 아침이면 둔덕 길을 내려가 우물로 갔습니다. 고드름이 투명한 갑옷처럼 주렁주렁 달린 우물에 떨어지는 아득한 두레박 소리를 들으면서 물을 길어 올려 세수를 하고 아버지 방으로 들어가 꿇어앉았습니다. 그리고 머리에 비단 굴레(아버지는 내 머리띠를 그렇게 불렀습니다)를 쓰고는 하늘 천天, 따 지地, 가물 현玄, 누르 황黃, 집 우宇, 집 주宙, 넓을 홍洪, 거칠 황荒하면서 사체 천자四體千字를 읽었습니다. 아버지는 가끔 내가 그날 욀 한문을 못 외면 회초리를 들었지만 결코 때리지는 않으셨습니다. 어쨌든 나는 이 한문 공부도 하기 싫었지만 혼자 들길을 걸어 학교에 가는 것보다는 백배 좋았습니다. 그리고 저녁이면 동리 처녀들과 같이 앉아 한글을 배우는 것은 더없이 즐거웠습니다.

우리는 석유를 아끼기 위해서 공부가 끝나면 남포등을 끄고 마당에다 멍석을 펴고 둘러앉았습니다. 컴컴한 사위 속에 모깃불 연기가 허연 짐승처럼 뭉실뭉실 기어오르다가 그 연기가 사위어지고 빨간 불이 활활 타오르면 나의 모든 시름과 고통은 스러지고 마음은 더없이 평화로워지는 것이었습니다. 마당가의 모닥불 빛이 사위어지면 높고 캄캄한 밤하늘에 환한 은하수가 흐르고 무수한 별이 제멋대로 흩어져 흔들리다가 하나 둘 여기저기서 은실 꼬리를 그으며 떨어져 갔습니다.

언니는 우리들에게 재미있는 이야기를 많이 들려주었습니다. 알라딘의 등불 이야기며 백설공주 이야기 등, 그 많은 이야기 중에서도 나를 가장 감격하게 한 것은 신라 화랑 죽랑竹郞의 이야기였습니다.

계백 장군이 이끄는 백제군에 포위되어 최후의 통첩을 받고 내일이면 성이 함락되는 전날 밤에 성루에서 달빛을 타고 피리 소리가 흘러나옵니다.

성주도 성을 버리고 도망쳐 버렸는데 마지막까지 그를 따르는 백성들과 성에 남아서 적과 싸우다가 만신창이가 되어 죽은 열일곱 살의 죽랑 소년이 바로 그 피리 소리의 주인이었습니다.

동네 처녀들 중에는 언니의 이야기에 귀분이가 가장 탄성을 올렸고 때로는 눈물을 글썽이기도 했습니다. 처녀들 중 귀분이만 매달 보리쌀 한 되를 공부한 사례로 가져왔습니다.

낮이면 나는 처녀들을 따라 들판으로 나물을 캐러 갔습니다. 한참 동안은 어떤 것이 먹는 나물인지 몰라서 여기저기 흩어져 있는 처녀들에게 자꾸만 물어보러 쫓아다녔습니다. 그러다가 나중에는 나생이(냉이), 쪼발이, 씬냉이(씀바귀), 불미, 비름 따위가 먹는 나물이라는 것을 알았습니다. 한낮이 되어 처녀들의 소쿠리를 들여다보면, 참나생이, 불미 같은 좋은 나물만 차곡차곡 담겨 있는데 나의 소쿠리에는 온

갖 잡동사니 나물이 마치 내 머리칼처럼 부품 하게 담겨 있었습니다.

한 번은 귀분이네 집에 가서 쑥에다 콩가루를 묻혀 밥 위에다 찐 것을 조금 얻어먹었는데 그게 어찌 그리 맛있었는지 오래도록 잊히지 않습니다. 그리고 참비름 나물을 맨 간장에 무쳐 보리밥에 비벼 먹으면서 먹으라고 하는데 그게 그토록 먹고 싶어도 굳이 사양했습니다. 남의 집에 가서 밥을 먹으면 안 되는 줄로 알았기 때문입니다.

그런데 내 온갖 잡동사니 나물도 집에 가져갔더니 어머니가 삶아서 맨 간장에 무쳐 모두 같이 먹었는데, 그것도 그리 맛이 있었으니, 굶주림보다 더 좋은 반찬이 또 어디 있겠습니까. 추운 겨울 꼭두새벽에 어머니가 오빠를 데리고 우리 마을에서 백리쯤이나 되는 벽촌으로 양식을 구하러 떠날 때였습니다. 나는 그 전날 하루 종일 아무도 모르게 숨어서 만든 장갑을 오빠한테 내밀었습니다. 그것은 다 떨어져 못 신게 된 양말의 밑동을 베어 버리고 양말 목에다 엄지손가락을 달아 낸 벙어리장갑이었습니다. 어머니와 오빠는 이튿날 밤에 보리쌀 한 말씩을 지고 돌아왔습니다. 그때는 양식을 가져오다가 순경이나 헌병한테 들키면 빼앗기고 유치장에 들어가야만 했기 때문에 무인지경의 밤길을 걸어왔던 것입니다.

봄이 되면 집 뒤 감나무 밑에 감꽃이 별처럼 무수히 떨어져 있었습니다. 감꽃은 좀 떫으면서도 달짝지근한 맛이 납니다. 나는 지푸라기 끝에 흰 찔레꽃을 달고 감꽃은 염주처럼 꿰어 꽃 둘레를 만들었습니다. 그리고 참 냉이를 팔러 가는 동네 처녀들을 따라 읍내 장에 가서 그들 옆에 쪼그리고 앉아 있었습니다. 열다섯 타래를 가져갔는데 여학생들이 와서 두 타래에 1전씩 5전 어치를 사 갔습니다. 내가 세상에 나서 돈을 번 첫 경험이었습니다.

그 고목 감나무 밑에 백발이 되어 삼복더위에도 무쇠 화로에 불씨를 묻어 놓고 담뱃대를 물고 있는 아버지께, 어느 날 오빠의 담임선생인 일본 사람 아까시赤石 선생이 찾아왔습니다. 그때 우리 겨레의 거의가 일본의 강제에 못 이겨 일본 성姓으로 창씨創氏를 해서 가네사와金澤니 야마모도山本니 하는 일본 성을 썼습니다. 이재국李在國이라는 오빠의 이름은 아마 학교에서 유일한 우리 성을 가진 이름이었을 것입니다. 우리들이 집에서 일본 말을 한 마디라도 하면 아버지의 불호령이 떨어졌습니다. 아버지는 감나무 밑 돗자리에 앉아 아까시 선생과 몇 마디를 나누었습니다. 나는 아버지가 일본 말을 할 줄 아는데 놀랐습니다. 오빠가 달고 다니는 창씨를 안 한 이름패 때문에 찾아왔던 아까시 선생은 돌아갈 때 아버지께 90도로 허리를 굽혀 공손히 인사를 하고 갔습니다.

찌는 듯한 한여름 어느 날, 이 감나무 밑에 웬 젊은이가 헐레벌떡 달려왔습니다. 그리고 아버지께 큰절을 하더니 "해방이 되었습니다."라고 했습니다. 아버지는 벌떡 일어나서 모시 두루마기에 맥고모자를 쓰고 총총이 과수원 밖으로 사라졌습니다. 그해 겨울이 되어서야 아버지는 서울서 돌아왔고 그 후에 과수원에 까만 관용 세단차가 아침마다 오더니 우리는 얼마 안 있어 과수원을 영영 떠났습니다.

그 후에도 우리는 결코 평탄하지 못한 또 다른 고난과 때로는 허기조차 가시지 않는 세월을 보냈습니다. 백범 김 구 선생이 돌아가셨을 때는 아버지는 사흘 낮 사흘 밤을 굶고 두문불출했습니다. 또 한 번은 경찰에 연행되어 서울까지 간 일도 있었지만 아버지가 젊었을 때는 몇 년을 감옥에 갇혀 있었다니 그것은 별로 큰일도 아닌 모양이었습니다. 무엇보다도 아버지는 6·25가 나던 바로 전 해에 돌아가셨으니 아버지로서는 큰 다행이라고 여겨집니다.

이런 어려움에도 불구하고 아버지의 막내딸인 나의 기억으로는 이 과수원에서만큼 춥고 배고픈 적은 없었습니다. 무엇보다도 나의 어린 생각으로도 보이지 않는 그 절망적인 어두움이 몇 해만 더 계속되었더라도 우리 식구는 다 죽어 버리지 않았을까 싶을 지경이었습니다. 광복은 우리 집, 아니 우리 온 겨레의, 바로 죽음으로부터의 다시 살아남이며 말 그대로 캄캄한 어둠 속에 빛나는 생명의 빛이었습니다.

그러나 이 빛이 소중하고 다시는 꺼지지 않기를 바랄수록 나의 그 어둡고 참담한 어린 날의 추억은, 나의 먼 의식의 광야에 떠 있음으로써 나로 하여금 항상 눈 떠 있게 하는 차갑고 투명한 별이 되었습니다. (소년, 1987. 10)